講談社文庫

支店撤退

銀行の内幕

荒 和雄

JN285706

講談社

目次

単行本は一九九九年一〇月　小社刊

第一章　地元出身支店長誕生

1

　一九九八年四月一日午前七時半、「浅草支店長を命ず」の辞令を受けた高倉は、参詣客もまばらな仲見世通り《なかみせどお》を足早に通り抜けて、浅草寺《せんそうじ》の正面に立ち二度三度と頭を下げた。

「十二年ぶりにふるさとに帰ってきました。あけぼの銀行の浅草支店長としてです。どうか観音様のご加護のもと、浅草支店が発展しますようお祈り申し上げます。そのためには、出来る限りふるさとへの恩返しをいたすつもりです。どうかお守りお導きください」

　浅草小学校出身の高倉にとって観音様の境内《けいだい》は、子供の頃からの遊び場だった。また大学一年生の一人娘が幼い頃は休日によく通った想い出の場所だ。

　高倉は浅草寺に参詣して、その足で地元の氏神様である浅草《あさくさ》神社にも足を延ばした。この浅草神社は、第二次世界大戦中の一九四五年三月九日に東京を襲った大空襲にも戦火をまぬがれ、今も凛《りん》としたたたずまいを見せていた。ここにくると五月中旬に毎年行われる、東京の名物となった江戸三大祭のひとつ、三社《さんじゃ》の神輿《みこし》の「せいや！　せいや！」という威勢の良いかけ声が周囲から聞こえるような錯覚にとらわれた。

「ゴーン」という八時を知らせる鐘の音に我にかえった高倉は、浅草神社参詣をすませると、雷門通りにあるあけぼの銀行浅草支店へと足を速めた。

「あとは全力で店の発展につくすのみだ」

高倉は心に新たなる決意を秘めて、支店の通用口をくぐった。

午前八時を過ぎた支店には、すでにほとんどの行員が出社しているようだった。高倉は出社初日ということもあり、だれにも声をかけずに席へ向かおうとした。

「今度の支店長、相当やり手という評判よ」

「やさしい人がよかったな。同じ給料をもらうなら楽をしたいもの」

女子行員達の声が高倉の耳に飛び込んできた。

管理社会のモデルといわれる銀行では、一国一城の主《あるじ》である支店長の考え方や行動によって店は大きく変わる。その影響を最も受けるのが、下で働く行員達だ。支店長交替の人事は行員にとっては役員人事よりもはるかに高い関心事だ。

高倉は営業場の奥にある支店長席に座り、周囲を見渡した。

営業場の一角をしめる融資課で支店長の出勤にも気づかずに、かねてから面識のあった河野課長と行員であるらしい男との間になにやら深刻な会話が交わされているのが見えた。聞くとはなしに高倉の耳にも入ってくる。

「課長、玩具メーカーの株式会社松下ですが、昨日の手形の決済は無事すみましたが、今月はかなり資金繰りが苦しいようです。追加融資の申し込みがきていますがどうしたらよいでしょうか」

融資課の一員は眉間《みけん》にしわを寄せながら課長の机に近づき指示を求めた。

「債務超過寸前の会社には、これ以上の追加融資は無理だ。他行に押しつけなさい」

座ったまま課長は回答した。

相変わらず二人は密談をしているつもりのようだが、声は高倉の席まで筒抜けだ。その会話で、浅草支店の厳しい融資環境をそれとなく察知した。

「今度の高倉支店長、若いころ審査部にいたというだけに融資に厳しいという噂ですね」

「相当のやり手という情報が入っている」

「やはりそうですか。とはいえこの浅草支店の業務は、あけぼの銀行でも名の通った河野課長でもっていますから……」

「おいおい、朝っぱらからゴマをするな。それよりも昨日受け付けた日本ガス社の抵当権の設定登記、朝一番で手続きしておけよ。あそこもご多分にもれず資金があっぷあっぷだ。やっと社長を説得して自宅を担保差し入れするのに同意させたばかりなんだから」

「本部が高倉支店長を就任させた狙いはなんですかね」

「業績の立て直しだろ。はっきり言うと融資体制の強化、つまり不良債権の発生防止と回収だ」

「だけど前任の自由が丘支店では地元商店街に食い込み、相当の成果をあげたと聞いてます。現に前期は個人預金獲得を中心とした営業基盤拡大部門で部門表彰を受けていますから、預金集めにも強いんじゃないでしょうか」

「野口君は情報通だなあ」

「同期入行の仲のよいものがちょうど自由が丘支店の取引先課にいまして、支店長に厳しく指導されたと聞きましたので……。特に本部から指示された目標に対しては、なにがなんでもやり抜くという人だそうです」

「目標必達型の支店長だということは俺《おれ》も聞いている。独断専行型だという噂も伝わってくる。しかしこの店の運営は私の協力がなければ不可能だ。店の発展もないし、本人の出世もおぼつかない」

「課長、そんなに力まないでください。まずはお手並み拝見ですよ」

「あまり軽口をたたくんじゃない。さあ、仕事だ仕事だ。そろそろ支店長の出社時刻だ」

課長は机の上の書類に目を通し始めた。

「……支店長いらしてます」

支店長席にいる高倉の姿を見つけた野口は、びっくりしたように課長との会話を打ち切り自分の席に戻った。

高倉は転勤の都度《つど》支店長として最初に目を通す資料である浅草支店の全行員についての人事録に目をやった。それによると融資課長の河野は当年四十歳、資格は副参事、僚店の融資課長には河野より四～五歳若い人たちが第一次選抜組として活躍している。第一次選抜組とは同期入行の中からトップ出世のグループを指す。入行年度によっても異なるが、だいたい一割から一割五分程度の優秀な行員が同期入行組から選ばれる。河野の同期入行組の中には、早くも副支店長に昇進している者も十数名いるはずだ。したがってあけぼの銀行の出世では必ずしも早くなく二番手グループにいる。

一方、高倉は当年五十一歳、支店長歴は五年、今回で三店めになる。行内の資格は参事、昭和四十六年入行組の中ではトップクラスに入る。

銀行員は名刺の肩書きのほかに行内では別の資格によってランク付けされている。古い掟《おきて》や因襲《いんしゅう》の中にある銀行界ではあるが、人事管理の基本は能力主義に基づく職能資格制度である。この資格は総合職と一般職に分けられるが、四年制の大学卒業者は男女とも総合職コース、短大・高校卒業者は一般職コースが原則だ。あけぼの銀行では、ここ数年人員削減のリストラ計画実施のため、一般職コース、中でも女子の採用を極力抑え、その補充にあけぼの銀行ＯＧを中心とした退職者によるパートを採用してきた。現に浅草支店にも三十代後半の子育てが一段落した主婦が六名ほどパートとして働いている。

大卒総合職の資格制度上の階級は、次の通りである。

まず、総合職二級としてスタートする。そして一級を経て副主事になり、さらに主事二級、一級を経て副参事になる。この副参事も二級、一級を経て参事になる。参事は高倉のように支店長、部長クラスで、参事の次が役員待遇の参与となる。その上のポストは最近では参与の次に執行役員と続き、取締役、常務取締役、専務取締役、副頭取、頭取の順となる。銀行を代表する代表権を付与されるのは専務、副頭取、頭取、時には会長となる。

銀行内部の出世とは、支店長、融資課長といった職位もさることながら、まず、この職能資格を一歩一歩上ることを意味する。

あけぼの銀行浅草支店は、従来から預金よりも貸付金のほうが多い、いわゆるオーバーローンの融資店舗である。したがって代々の支店長、融資課長とも実力者を起用してきたいきさつがあった。

高倉が支店長席に着くと、しばらくして二階の取引先課に顔を出していた副支店長が高倉の隣席にある自分の席に戻ってきて挨拶《あいさつ》をした。

「副支店長の小野です。よろしくお願いします」

「こちらこそよろしく頼みます」

「早速ですが、支店長のご紹介は朝礼のときでよろしいでしょうか」

「それで結構。簡単に挨拶をしたい」

「取引先への挨拶回りですが、前任の渡辺さんが突然の出向のうえ、出向先の社長の海外出張でスケジュールが変わりまして、こちらに来るのが明後日《あさって》になるそうです」

「渡辺さんからも昨日電話があった。初めての出向先だし、先方のペースに合わせてくださいといっておいた」

「ありがとうございます。では挨拶回りは明後日からとしてスケジュールを組みます」

「そうしてくれ」

高倉は、午前八時四十分から始まった朝礼で全員を前にしていた。

「今度浅草支店の支店長として赴任した高倉です。浅草は私のふるさと、十二年前まで住んでいました。浅草を巡る経営環境はその頃と大きく変わっているものと思いますが、ふるさとへの恩返しのつもりで地元の発展と店の業績向上に寄与したいと思います。どうかご協力をよろしくお願い申します。なお、店の運営や営業戦略については、まず、役席会に諮《はか》ったうえみなさま全員に申し上げたいと思います」

2

高倉は毎年恒例となっている四月中旬の支店長会議に先駆けて、赴任二日目に役席会を開催することにした。

高倉のこれまでは、一〜二店目の支店運営は、ともかく部下を叱咤《しった》して目標を完遂するという方法だった。しかし支店長として三店目の浅草では、トップ・ダウン方式より係長、支店長代理、課長、副支店長の役席者達中心の店の運営をとりいれたかった。特に最近の若い行員は男女ともマニュアルに記入されていることはすぐにもマスターするが、いざマニュアルに記載されていない応用問題が出されると、必ず上役に指示を仰ぐという「指示待ち人間」が多かった。そこで高倉としてはこれから激変する金融界に勝ち組として生き残っていくためにも、どんな事態が発生しても自ら解決策を求めていくという問題解決能力の発掘に力を入れたかった。その中心的な存在として役席会の構成メンバーである管理者達にも意識改革を求めることにした。同時に若い行員達の意見に耳を傾けることによって「厳しい支店長」という行内の評判を少しでもやわらげたかった。

「それではこれから今期第一回目の役席会を開催します。まず支店長からご挨拶を」

支店の会議は、多くは店のナンバー2《ツー》格にあたる副支店長の司会によって行われるが、司会の小野の声はなんとなく刺々《とげとげ》しかった。役席会の前に高倉と小野との間であったちょっとしたいさかいが原因であった。

「支店長、長年の取引先である大田商会の社長より新旧支店長の歓送迎会を向島《むこうじま》の料亭で花見がてら行いたいと催促があるのですが……。いつ日時を取ったらよいか決めていただけますでしょうか」

　小野はせっかちな大田社長の顔を思い出しながらたずねた。

「ちょっと待ってくれ。支店長会議が終わってからにしてくれないか」

「でも十五日過ぎになると、隅田川の桜は散って花見にならなくなってしまいます」

「花見か、そう言えばここ二〜三年はゆっくり桜見物をしたことないな」

　小野は大田商会主催の新旧支店長歓送迎会名目の花見の中で、自分なりに高倉の考え方や人となりをいち早く知りたかった。

「もう少し待ってくれ。大田商会の会社の内容を把握してからだ」

「前任の渡辺支店長もとても楽しみにしていますので」

「そこまで言うなら私は辞退するから、君が前任者と一緒に花見に出かけるとよい」

　高倉は憮然《ぶぜん》とした表情で、さらに話を続けた。

「君は、あけぼの銀行がおかれている厳しい現実をまだわかっていないようだね。花見に浮かれている状況ではないのだ。我々としては、まずこの浅草支店をどう立て直すかということが緊急の命題なのだ」

「それでは直ちにお断りしておきます」

　小野は表面上は高倉の指示に従いながらも前任の渡辺支店長の酒好き、宴会好きの性格を思い出し、その返事をどうするか思い悩んでいた。

「大田商会の社長と前任の支店長との関係はうすうす聞いている。渡辺さんが支店を代わるごとに渡り鳥のように後を慕って取引を継続しているそうじゃないか。この店の前は亀有支店の取引先だったのだろう。なぜ本社が市川市なのにわざわざ浅草まで来るのだね」

高倉の図星をさした指摘に小野は一瞬たじろいだが、一定の地域に限定をして取引活動をしているあけぼの銀行の営業方針とは相容《あいい》れないものとして、大田商会との取引を苦々しく思ってはいた。しかし前任の支店長には反論できなかったのだ。

「君は副支店長だろう。今はコンプライアンスの時代、法令遵守だよ。いくら前任者と特別な親しい関係でも、ビジネスはビジネスだ。支店長交替の意味のひとつは取引先の見直しだよ。妙な癒着《ゆちゃく》関係の引継ぎはごめんだ」

高倉は、小野が世の中の銀行に対する風当たりの強さを肌で感じていないのかと苛立つように眉間にしわを寄せて厳しい表情になった。高倉の険しい顔つきを見て小野は圧倒されて、すぐさま返事をした。

「わかりました。渡辺さんに会合をもう少し先に延ばすように連絡をとってみます」

「そうしてくれ」

役席会五分前の自分との会話をひきずって司会に立った小野の言葉に促されて、高倉は就任第一声を放った。

「みなさん、期末の決算業務の忙しい中、恒例を破って緊急の役席会を開いた理由は、私の支店経営に当たる考え方を周知徹底したいと同時に、一日も早く役席者のみなさんに店の運営や方針について、特に経営戦略の確立について率直な意見を求めたかったからです」

強面《こわもて》の評判を払拭《ふっしょく》しようと、高倉はできるだけソフトな声で話しはじめた。役席者一同ほっとした表情をするのに、まずは安堵《あんど》した。

「この一九九八年四月一日は金融界にとって歴史的な日であると思います。第一はビッグバン第一弾とも言われる外為法の改正です。ご存じのようにこの改正は二本柱から成り立っており、第一は内外資本取引の自由化です。これは『海外預金の自由化』『居住者間の外貨建取引の自由化』『対外貸借の自由化』などです。第二は外国為替《かわせ》業務の完全自由化です。これは『外為業務の自由化』『両替業務の自由化』『対外直接投資の自由化』です。第二の開国ともいえる外為法改正ですが、平たく言うと浅草に観光に訪れる外国の人達は、たとえば雷おこしや扇子《せんす》を買うにも従来は日本円で支払ったものが、これからはドルやユーロでも自由に買える仕組みに変わったことを意味します。いまにこの浅草にも一ドル・コーヒーショップやハンバーガー店が出来るかもしれない」

役席会の冒頭に高倉はまずビッグバンの話を身近に持ち出すことによって、役席者へ銀行の国際化への関心を高めたかった。高倉が融資の専門家と聞いていたであろう外国為替課長の宮下は度肝《どぎも》を抜かれた様子だ。

宮下の緊張した顔を見届けたうえで、さらに高倉は融資課長の河野の顔をうかがいながら次の話題に移った。

「ビッグバンの前哨戦《ぜんしょうせん》として、この一日より当行では早期是正《ぜせい》措置が実施された。早期是正措置とは当行のように国際業務を行っているところでは、総資産分の自己資本の比率を常に八パーセント以上保つことが求められています。その比率を割り込んだ金融機関に対して、監督官庁である金融監督庁が早期に経営内容の是正を命じることとなっています。銀行の経営の健全化を促進していこうとする新しい行政手法です。

当店では河野課長が中心となって不良債権の回収、不良債権の発生防止、貸出利回りアップによる収益の向上に努力されてきたことと思う。不良債権問題と収益体質の強化というふたつの点は、どのような環境に店の経営が追い込まれても守らなければならない使命と思っています」

融資課を率いる河野は貸出面に話題が転じてくると、身を乗り出してきた。地盤沈下の著しいこの地域で積極的に融資を行う意図があるのか、疑いの目で河野が話を聞いているのを、高倉は感じとった。

「さて、店の運営方針でありますが、いずれ皆様の意見を拝聴するとして、私は昨日申し上げたとおりこの地元浅草の出身です。小学校は浅草小学校、両親も健在で隅田川の吾妻橋《あづまばし》の河岸に長年住んでいる。浅草が好きで、私の支店長就任以後、この店の発展を願って毎日浅草寺にお参りをしてくれています。そこで私情も交えて申し上げますが、縁あってこの地元に支店長として舞い戻ったのを機会に浅草に恩返しをしたいと考えております。私は地元の発展があってこそ店の発展があるものと確信し、役席の皆様のご協力を得たいと思います。その施策《しさく》として雷門通りに店舗をもうけながら、とかくおろそかにしてきた地元商店街との取引を深めていきたいと思います。もちろん融資店舗として今まで通り地場産業育成への道も歩みますが、いたずらに融資に依存することのないバランスのとれた店舗作りを行いたいと思います。言いかえますと地元の人達に支持される地元の人達のための地域密着化の営業戦略を行いたいと考えています。そのためには店の改革の手始めに、地元に店頭ウインドウを開放するなど、店頭から新しい店作りを始めたいと思います」

浅草支店に赴任後二年を経過している取引先課の関口課長はうなずきながらも地元浅草商店街への地域密着作戦は、いままで歴代支店長が代々唱《とな》えてきたがいつも失敗していたことを思い浮かべていた。支店長に妙案があるのだろうかと、これまで商店街の抵抗にあってい るだけに一抹《いちまつ》の不安を募らせていた。一方雷門通りに店舗を構えている以上、浅草で名の知れた老舗《しにせ》と言われる商店と一件でも二件でも在籍中に本格的な取引を成功させたかった。

「不振店舗のレッテルを返上する好機かもしれない」

関口は支店長の言葉に大いに我が意を得て、身体中から久しぶりにエネルギーが充満してくる気配を感じた。

「さて支店経営の基本として役席の皆さんに申し上げたいことは六つある。第一は不良債権の発生を極力抑え、その回収に努力すること。第二は地元の預金を増やすことだ。僚店にみられるような不動産取引がらみの協力預金を集めることは絶対にしてほしくない」

不動産がらみの取引は動く金額も大きいため、どこの店も本部から指示されている目標を達成するために最も安易にしてきたものであった。特に不動産取引を仲介ないし斡旋《あっせん》した際に見合う手数料代わりの協力預金は金額が億単位のものが多かった。それがバブル発生原因のひとつにもなったのだ。バブルが崩壊しそのあと始末に苦しんでいる今日、こうしたあぶくのような協力預金は支店経営の基盤を最も危うくするものであった。

「第三は厳しい貸出枠であるけれども、適切な利益をあげるためにも明日を担う企業に対して積極的に貸し出しをしてほしいということだ。特に国際化時代の到来の中で収益の柱となっている外為部門の活躍を引き続き期待したい。第四は事務ミスを少なくするために、事務の取り扱いに関しては基本を重んじることだ。たとえ優良先でも、印鑑なしの預金引出しなど例外的な取り扱いは極力避けて欲しい。その意味でも事務管理は厳正にしてほしい」

支店経営は預金、貸金を中心とした業務部門と実際の資金の出し入れや振込などの事務部門とが車の両輪のように動かなければならない。とくに業績が急速に伸びている店が陥りやすいのは、預金集めに力を入れるために、どうしても基本的なルールを見逃してしまい、事故が発生することだ。ルール通りの事務の取り扱いは、信頼産業たる銀行にとっては、守るべき最低の業務ともいえる。関口は、高倉が事務管理の面にも十分注意を払う支店長と知り感心した。

「第五は部下を育てることだ。この店も三年前から比べると十五名程度減員になっている。大幅な本部からのリストラ命令で、この先も定員枠三十五名は減らされるおそれもあるが、部下を育てるという楽しみだけは忘れないでほしい。第六は銀行の持っている総合的な金融サービス機能を通じてともかく地元の人達に尽くし、地域社会に貢献することだ。浅草は文字通り私にとってはふるさとであるが、役席の皆さんもどうかこの浅草という街、そしてこの店を第二のふるさとと考え、慈《いつく》しみ育ててほしいと思っている」

「支店長の店の運営に関する基本的方針を承りましたが、今度は役席の皆さんから課の問題点を含めて発言をしてください」

司会役の小野は役席者全員を見渡しながら、高倉の発言のあとを継いだ。

「地元商店街への業務推進に目を向けるとのことですが、今までも長年の当店の取引先である新仲見世通《しんなかみせどお》りの加藤社長の紹介をもらったりして軒並み訪問を実施しましたが、いつも怒られてばかりいました」

取引先課の関口が口火を切った。

「怒られたっていうのは、どういうことだ」

高倉はいぶかしく思いながらも早口にたずねた。

「商店街を訪問するたびに聞くのは、おたくの銀行はこれまでに一度だって支店長が挨拶にきたことがないという批判の声ばかりでした。事実商店街だけを相手にしていても本部からの営業推進項目はクリアー出来ません。必然的に遠方でも車を使って、集金かたがた既往先《きおうさき》に基盤項目の商品の加入を依頼しつづけることになっていました。それも限界にぶつかっていたところです」

「そうか、地元に一度も足を運んでいないとは」

「古い取引先の話ですけれど、昔商店街の有力先にかなり無理な貸し出しをして、それが焦げついたため、以降融資に関しておじけづいてしまった、という評判です」

「確かに二十年ぐらい前に当店に大きな焦げつきが発生したと聞いていたが……。私も詳しくは知らないのだ」

「浅草という土地柄、下町気質《かたぎ》といいますか、いったん親しくなるとこちらが敬遠したくなるほど親切になります。しかしいったん悪い評判が出ますと、あとが大変です」

「関口君の言うとおりかもしれない。下町気質は情に厚い代わりに一度怒りだしたら手におえないものだ」

「支店長、そこで私に妙案があるのですが」

「なんだね、関口君」

「支店長には多少ご迷惑かもしれませんが、支店長が地元出身であることを商売に使いたいんですが」

「そんなことはいっこうに構わないが……。なんだね、その妙案とは」

「支店長に地元へのメッセージを書いていただき、店頭に掲示したいのです。それを我々取引先課一人一人が商店街に配って歩くんです。まず当行の商店街に対する消極姿勢を一掃することです。イメージを変えること、それが必要です」

「わかった。私でよければどしどし使ってくれ。早速二～三日の間にふるさとへのメッセージを書こう。ふるさとへの思いだから題名は浅草有情とでもするか」

「ぜひ、お願いします」

巨漢から発する声はさすがに大きい。

高倉と関口との前向きな会話で役席会は盛り上がっていた。

「支店長、融資課を二名増員してくれませんか」

それまで高倉と関口のやりとりを一人冷ややかに見守っていた河野が突然発言した。高倉をためすつもりなのか、放り投げるような言い方だった。

「河野課長、人事の問題は別の機会にしてくれませんか」

小野はその言葉をさえぎろうとした。

「構わん。河野課長、続けたまえ」

「当店の貸出量は支店長もすでにご存じのとおり一千億円を超えています。取引先も大小合わせると七百件以上です。これを融資課五名で管理するのは肉体的に限界がきています。また課員五名とはいいましても、一人はまったくの新人です。前回の検査時に指摘された事項も、この三月期末の預金増強の押し上げでほとんど手つかずの状態です。それに……」

「それになんだ」

「地場産業である玩具業界、貴金属、時計業界もひと荒れしそうな様相です。商取引の決済手形として使われる商業手形がいつのまにか契約が不履行になって不渡手形にも変わりかねない恐れもありますので、業界ぐるみの情報の収集もしませんと」

「いまの人員ではやりくりつかないかね」

「六月末からは三月までの決算処理のほかに自己査定も控えていますので」

自己査定とは銀行が自ら経営の健全性の向上をはかるため資産の内容、主として貸出金の中身の実態を把握し、分類することによって適正な償却を行い、また分類の査定次第ではその都度貸し倒れに備えての準備金である貸倒引当金を積み立てるというシステムである。ビッグバン時代に備えて銀行の破綻《はたん》阻止のために自己査定の作業は銀行にとっても、現場である営業店にとってもきわめて荷の重いものである。

融資先の資産の査定は、通常四つの分類に分けられた。

第I分類は問題なしの融資先。

第II分類は一般に灰色債権といわれるもので、回収について通常の度合いを超える危険を含む資産とされている。この第II分類の中でも担保があり、また有力な保証人の存在する場合は一応正常債権に近いとされている。

第III分類は損失可能性が高いか、損失額について合理的な推計が困難な資産。

第IV分類は回収不可能または無価値と判定される資産。

現場である営業店にとっての問題は第II分類の取り扱いだ。査定次第によっては正常債権にもなる。また考え方によっては一挙に償却に至る第III分類、第IV分類に転じてしまう恐れがあるからだ。しかもこの査定に際して面倒なことは、回収のポイントとなる不動産を始め担保物件や保証自体がその都度めまぐるしく経済情勢によって変化する厳しい現実だ。六月末の査定時に一億円の価値があった土地や有価証券が、次の査定時期の十二月末には大きく暴落してしまっている恐れがあるためだ。

現場である支店は店の業績を大きく左右する不良債権の回収や、その発生防止に全力を投入する。そして自己査定の集計は、できる限り前回より改善される状況下で本部に報告をしたいのが人情である。

一方、本部側ではこの査定の結果を融資・審査部門で再度チェックをした上で、独立した業務監査部門である「考査室」ないし「与信監査室」でもって最終的に査定を下す。その結果をふまえて金融監督庁の指示に従い、適正な引当金を積み立てることになる。

融資店舗にとっては一月と七月の自己査定作業は相当の事務負担になる。融資店舗は二～三週間にわたってチェックを主体にした、後ろ向きの作業のために残業が続くことになる。

役席会における河野の増員要求は、高倉にとっては予期せぬものだっただけに回答に窮した。

「その件に関しては今日は即答できない。内部事務を含めて、他の課や係の人員配置を見て決めたいがどうかね」

「わかりました。なるべく早くお願いします。課員も連日の残業で疲れていますから」

「わかった。そうそう、小野君、みなさんの夜食はどうなっているんだね」

話題を転じるため、高倉は小野に尋ねた。

「役席会では食事をだしません、経費節約ですから」

「今日は期の初めだろう。まだ予算はある。尾張屋の天丼を皆さんにご馳走したら」

「尾張屋の天丼！　あれはうまいですよ。味つけがなんともいえない」

巨漢の関口は舌なめずりをしながら、高倉に相槌《あいづち》を打った。

「腹が減っては戦《いくさ》はできん」

高倉も急に空腹を覚えて、思わず本音を吐いた。

「では早速手配します」

司会役の小野は会議の進行を見て、部下の意見を十分くみとる姿勢を高倉が見せたことで内心ほっとしたようだった。

その表情を見ながら高倉は、会議冒頭の小野との気まずい思いがいつしか和らいでいた。

その後役席会は新入行員のO・J教育、パート採用、検査指摘事項の補完期限などを取りまとめて三十分後には終了した。

「支店長、すみません。私の不手際で、人事の問題まで話題にして」

小野は高倉にすまなそうに謝った。

「なに、気にすることはない。みんな苦しいのだ。これからは銀行内部、支店もディスクロージャー、情報開示の時代だ。なんでも思ったことを主張したほうがよい。そのほうが問題を早めに発見し解決できる。そこから知恵や和も自然にできるものだ」

「これからもよろしくお願いします」

「支店長と副支店長は一心同体だ。よろしく頼む。さあ、帰るとするか。君の住まいはどこだ」

「東武線の春日部《かすかべ》です。支店長は東急沿線ですね」

「ああ、ここまで片道一時間四十分の通勤時間は結構きついよ」

高倉は前任地の時より約一時間も余計にかかる通勤時間の長さに本音を洩らした。

「これからは勘定が合ったらお帰りください。最後は私が見ますから」

「それはありがたいが、ふるさとに帰ったんだ、その分がんばるよ」

高倉は、小野の率直な申し出に感謝しながらも、当分は帰宅が遅くなることを覚悟していた。

「それでは、お先に」

高倉は小野に声をかけて、赴任二日目の浅草支店をあとにした。

「ふるさとへのメッセージ、浅草有情か」

翌朝、電車の中で高倉は、次のようにしたためた。


浅草・雷門の隅田川にある生家を出て、東急田園都市線・青葉《あおば》台《だい》にある現在の住まいに越してからはや十二年の歳月が流れようとしている。

十年ひと昔と言われているが、十二年ぶりに浅草の巷《ちまた》に戻ってきてみると、時代の激しい移り変わりの中で大きな変遷を遂げているのに、いささかとまどいを感じる。と同時に、十二年間のタイム・トンネルをくぐってみると、そこには古きよき時代の浅草を随所に垣間《かいま》見《み》ることができる。

浅草といえば浅草寺だが、その裏手のひょうたん池もなくなってから久しく、はなやかなＳＫＤの踊り子の表舞台となった国際劇場も消えてしまった。あの若者の血をたぎらしたロック座もなくなり、いまや六区の火が消え去ろうとしている。浅草は、昭和ヒトケタ以前の人達にとっての単なる青春への郷愁の巷と化してしまったのだろうか。ふと淋しい思いにかられる日々である。

しかし浅草は、今日静かにイベントの町として再生をはかっている。

浅草の行事を年の初めからみてみると、正月の初詣、二月の節分まめまき、四月の花祭、そして五月には、江戸三大祭の三社祭がある。そして五月、六月は浅間《せんげん》神社のお富士さんの植木市と続き、七月九～十日の両日には浅草名物のほおずき市が開かれる。別名四万六千日とも呼ばれ、この日に浅草寺にお詣りする善男善女は、四万六千回分のご利益《りやく》を受けると言われ、大変な賑わいをみせる。

ほおずき市が終わると、浅草にも本格的な夏がおとずれる。

七月末には江戸の華、情緒豊かな隅田川花火大会がある。隅田川の川面に映える花火は、われわれの人生のひとこまひとこまのように、はなやかにもはかなく消えてゆく夏の一大風物詩である。

八月の終戦記念日には、恒例の灯籠《とうろう》流しがしめやかに行われる。川面に流れる大小の灯籠に人の世のはかなさを感じると同時に、その命の尊さ、生きている喜びを改めて思い知らされる。

なぜ人は忙しく自ら縛っていくのか、自覚のない忙しさとは、自分を亡ぼすことになるのではないか。しかし、いざ現実のわが身を振り返ると、自分もそのただなかにいることに気づくのである。

八月末になると、浅草の新名物となったサンバカーニバルがあり、また十一月の木枯《こが》らしが吹く頃になると酉《とり》の市がある。

師走の華は、浅草寺境内の羽子板市だ。毎年十七〜十九日の三日間行われるこの市は、きれいに着飾った娘達の艶《あで》やかな姿が、一層浅草界隈を華やかな雰囲気にする。その昔、羽子板市を、想う人と連れ添って歩いたこの私も、今や自分の娘の晴れ着にみとれる年になってしまった。

年月は過ぎ去っても、浅草の人情は、今も昔も変わらない。下町気質は、いったんうちとけたら十年の知己《ちき》になれる気軽さを持っている。

この先、いく年この浅草にご奉公することになるかわからないが、ふるさと浅草のよさを再発見して、友情に浸りながら下町情緒溢《あふ》れるわがふるさと浅草に精一杯の恩返しをしたいと思う。

平成十年四月三日

3

　出勤した高倉は、早速取引先課の関口を支店長室に呼び出した。

「おはようございます」

「昨夜はあれから飲みに出かけたのかね」

「河野君達と行きました。あまり自分の課のことばかり考えるなと、人員の増加のことを意見してやりました」

「二人とも、店の両輪だ。あまりエキサイトするな。ところで関口君、宿題の地元へのメッセージ、早速書き上げてきたよ。そこに座って読んでくれたまえ」

「私が最初に見せてもらってよいのですか」

　支店長室の隅に置かれているソファに腰を下ろしながら関口は、高倉の浅草有情を一気に読み終えた。そしてやや興奮ぎみに巨体を揺すりながら、大声を発した。

「支店長、地元対策はこれでいきましょう。店内のロビーに拡大して、これを掲示します。それと課員で手分けして商店街に配って回ります」

「出来はどうかね」

「支店長のふるさとを愛する気持ちが鮮明に出ています。それにしても支店長はやることがスピーディですね。赴任早々の役席会といい、このメッセージといい……」

「さて取引先への挨拶回りの件だが、前任の渡辺さんが、ようやく今日から三日間、時間がとれると言ってきた。今日から挨拶回りに出かけることにするよ」

「すでにスケジュールは担当者別に出来ています。それにしても渡辺前支店長は、なぜ人事異動日の初日からの二日間こなかったんですか。大切な顧客をほったらかして」

「おいおい、私の前で前任者の批判はやめてくれ。渡辺さんは君も承知のとおり今回の人事異動で出向することになったのだ」

部下にとって前任支店長が本部部長などへの昇格なら喜ばしく、自身の出世にもつながることが多いが片道切符の出向ともなるとその引きはまったく期待できない。そんな気持ちから関口は渡辺を責めるような口調になったのだろう。

高倉は話を一歩進めた。

「赴任先は神戸に本社がある会社だ。しかもそこのオーナー社長が二日から三週間の予定で海外の現地工場の視察に出かけるので、とりあえず三十一日の夜、東京を発《た》ち、神戸に二日間出かけたというわけだ」

「そうでしたか、渡辺さんも大変ですね」

「新任支店長は、人事異動の当日から前任者と挨拶回りに出かけるのが慣行だが、今回だけは逸《はや》る気持ちを抑えて先輩のスケジュールに従ったまでだ」

「そうした事情をよく知りませんでしたので」

「いや、私がもっと早く連絡すべきだった。今日から三日間は、君も身体をあけておいてくれ。道中、店内のことや取引先の動きも聞きたいからね」

「では九時スタートにします」

「渡辺さんも八時半には来店すると電話が入っている。頼むぞ。それと君の課に頼みたいことがあるんだが……、二人ほど減員できないかね」

「ええ？　とんでもないです。支店長は河野の言うとおりにするのですか」

「現実に融資課の残業は異常だ。月間六十時間を超えている者ばかりだ。これではよい仕事は出来ない」

「しかし、今すぐと言われましても」

「小野君にも相談するが、内部からベテランの加藤道子さんを商店街専門の取引先課員に起用しようと思うのだ」

「えっ、ミッちゃんをですか」

「彼女はこの支店の勤務も長い。長年窓口にいたから地元の人達にも顔なじみだし、ファンも多いと聞いている。そこで彼女の起用を考えたのだ。その代わりに集金専門のパートを一人入れる」

「でも急に二人減らされても……」

「まあ、二〜三日考えてくれ。正式の人事異動はそれからだ」

暗然としている関口をあとにして、

「朝礼の時間だ。階下に降りよう」

高倉は足早に支店長室を出た。


「二日間、店を空けてすまん」

「渡辺さんこそ二日間の強行スケジュール大変でした。ごくろうさまです」

高倉は、リストラ策の一環として銀行を去って、見知らぬ土地である神戸に出向する渡辺を思いやってまず声をかけた。

「早速ですが、今日は遠方の優良先を回る予定にしています。これが挨拶先のリストです」

高倉は、小野が作成した三日間にわたる取引先回りのリストを書いた一枚の用紙を手渡した。

渡辺はその用紙を見ようともせず、上着のポケットにしまい込んだ。あけぼの銀行の本部や他の支店へ栄転するならともかく、左遷とも言える今回の人事で、取引先への挨拶回りは荷が重かったのだろう。

「まかせるよ、高倉君」

渡辺はひと言つぶやくと、早くこの仕事を終えたいという気持ちに駆られたのか、高倉に話しかけた。

「君も忙しいだろうから、挨拶はなるべくかんたんにしよう」

高倉は渡辺の気持ちを思いやって、優良先にはいずれ落ち着いてからゆっくり時間をかけて回り、各社長から経営方針、事業計画、人生観などを親しく聞こうと思った。

支店長のバトンタッチは、取引先への挨拶回りが主体となり、通常一週間で終了しなければならない。しかも赴任先と前任地がいずれも支店という場合は、どうしても二日ないし三日で挨拶回りを終わらなければならなかった。到底取引先の社長と腰を落ち着けて話をするゆとりはなかった。

高倉は、支店長交替で一番大切なのは、戦略のバトンタッチであると考えていた。前任の渡辺支店長が地元産業、特に商店街や地場産業に対して、どのような営業方針を採ってきたのかが知りたかった。しかしすでに銀行から気持ちも去った渡辺は、高倉の質問に無関心だった。

「君は、うちの銀行のエースだ。あとはいいようにやってくれ」

投げやりともとれる言葉の中で、高倉は出向という人事については渡辺に同情しつつも、これでは店のために日夜頑張っている人達が浮かばれないと思った。

——最初から出直しだ。

高倉は、緊張感につつまれたが、不良債権のことだけは、半日を費やしても河野を交えてきちんと引き継いでおこうと思った。

あけぼの銀行だけでなく銀行界では、支店長の辞令を受けた日からすべて支店長が責任を負うという掟があるので、問題となる融資先、不良債権の処理に関しては、前任者の考えをメモで受け継ぐことにした。

しかしこうした事務面の引継ぎに関しても、渡辺は熱心でなく三日目の夕方近くに出向先の神戸へと帰っていった。

――いい機会だ。この際、融資先に関しては出来る限り自分の目で見直しておこう。それに担当者を交えて検討を加えれば、部下の教育にもなる。

高倉は、引継ぎに無責任な姿勢をとる渡辺を頼りにしてもしかたないと考え、出来る限り早い時期に融資先の信用調査や取引協力度を見直そうと決心した。

4

一九九八年四月十日。あけぼの銀行恒例の春の支店長会議が、本店九階大会議室で行われた。銀行の支店長会議は通常四月と十月に年二回開かれ、会長、頭取以下全役員、本部関連部長の他、海外や国内の支店長全員が一堂に会するセレモニーである。

しかし、この数年厳しい経営環境の中で、支店長会議も従来のセレモニー形式から、本部施策の支店への指示伝達の場と化していた。

高倉が支店長会議に支店長として出席するのは、今回で十一回目になる。仲間の支店長は、ここ二～三年の行内における出世・資格ランクのバロメーターのように、その顔色は十人十色だ。五十代そこそこなのに、早くも初老のように年をとったものもいる反面、ゴルフ焼けした精悍《せいかん》な顔つきで現れるものもいた。

しかし今回は期末の仕事の疲れだけでなく何かにおびえ、ぐったりしている表情を見せる支店長が多かった。

定刻二～三分前には会長、頭取始め全役員が席につき、九時きっかりに経営企画部の常務の大下によって開会が宣言された。

「みなさま、おはようございます。これから当行の第二百回支店長会議を開催致します。それではまず、田口頭取よりご挨拶をお願い申しあげます」

「おはようございます。まずみなさまに申し上げたいのは、当行をとりまく経営環境が厳しいという現実と、それに対する危機意識を持ってほしいということです。すでに今年の二月に、平成九年十一月以降の金融システム不安を受けて金融システム安定化に関するふたつの法律が制定、施行されました。これにより預金者保護がなされました。そして金融機関の株主ではあるが、議決権を持たない株式である優先株等引受のために合計三十兆円の公的資金導入が決まりました。三月にはこれに基づき約一兆八千億円の金融機関の優先株等を政府が購入しました。これに伴い当行でも六千億円の公的資金の導入を申請、自己資本の充実に充《あ》てました。また、この四月一日からは、いよいよ本格的なビッグバン時代の到来の第一弾として改正外為法が施行され、またビッグバンを睨んでの早期是正措置が導入されました。ひと言で言うと、このビッグバン時代は大競争時代の到来と考え、厳しい競争に打ち勝つには、なんとしても経営の健全性を高めること、言うなれば資産の純化を図ることです。具体的に言うと自己資本の充実と経営効率の追求、そして総合的なリスク管理体制の確立と顧客ニーズを先取りした、総合的な金融サービスの展開が急務と考えます」

大蔵省より十年前に天下った、田口の小声で抑揚のない挨拶を、高倉は最前列で聞き入っていた。田口の延々と続く言葉を聞きながら、役員席の最前列にいる代表取締役の肩書きを持つ人達を一人一人見つめていた。

頭取の右側の席には、生《は》え抜きの進藤会長が陣取り、さらに右側の列には四十年入行の営業推進本部長の塩田専務がいた。

一方頭取の左側の列には、日銀考査局長から天下った天野副頭取、管理本部長の木村専務と会議の進行役の大下常務が陣取っていた。

常務の大下を除き代表権を持つ役員が最前列に五名座っている後方に常務、平取締役、常勤監査役、監査役等がその五名を囲むように席を占めていた。

高倉は、同じ早稲田大学出身の塩田と偶然にも目を合わせた。軽く会釈をすると、それを無視して塩田は大きく腕組みをしながら前方を見つめ、頭取のひと言ひと言に軽くうなずいた。早稲田大学出身の集まりに時折出席したが、いつも校友会を勢力拡大の場にしようとする塩田とは相性が悪かった。高倉は群れをなさないことに誇りを持っていた。

田口に次いで、本部各部門担当の専務や常務がかわるがわる挨拶に立った。なかでも塩田と次期副頭取の座を争うとされている管理本部長の木村は、およそセレモニーの場としては似つかわしくない激しい口調だ。

「いいか、田口頭取が資産の純化という表現をお使いになったが、要はこれ以上、不良債権、特に償却に至るような第III分類、第IV分類が発生するのは絶対困るということだ。第II分類に関しては、できる限り保全を強化してもらいたい。そのためには支店長が取引先の信用調査を自分の目で行ってほしい。これは、管理本部長としての至上命令である。

それに不良債権の回収にはこれまで以上、最大の努力をしてほしい。資産の純化に対して全力投球をせず、怠った者がいたならば、即刻支店長は交替してもらう。当行は人材は豊富、支店長はぞうきんのようにいくらでも代わりはいる。支店長の地位にとどまっていたいなら、ぜひ店の経営の最大課題として不良債権問題に取り組んでほしい」

言うべきことをすべて言い終えたという表情の木村は、興奮を抑えるように右側にいる田口に一礼して腰を下ろした。

木村の挨拶に共鳴するかのように田口は大きく相槌を打った。

茶番劇だと高倉は思った。そもそも、あけぼの銀行の巨大な不良債権の元凶は、バブル時代に新橋支店長をしていた塩田が近隣の地上げ屋と結託して土地を買いあさり、ビルを建設したりして、協力預金システムに乗って業績を拡大させたことにある。バブルが崩壊してみると、それが巨大な不良債権のがれきと化してしまったのだ。その張本人が依然として代表取締役として、ひな壇の最前列にならんでいるのである。

不良債権の処理を後輩に押しつけて、自分は知らぬ存ぜぬ一辺倒の男、こうした人間が役員としている限り、あけぼの銀行の将来は危ない、と多くの心ある支店長は痛感しているはずだ。しかし、サラリーマンの業《ごう》か、だれ一人として正面切って、副頭取の有力候補となった塩田に反旗をひるがえす者はいない。それは高倉も悔しいことに同じだった。

午後から各支店長は、それぞれのブロックごとにわかれて、地域経済情勢や支店の現状について情報交換をした。

5

恒例なら支店長会議のあとは、大手町のパレスホテルで田口頭取招宴の「支店長懇親会」が開催されるのだが、今年からは経費の削減のため、取りやめになった。

遠く海外からはせ参じた支店長も含めて、本音は形式ばかりで気の張るパーティより親しい仲間同士のつきあいの方が、はるかに心地よいと思っているに違いない。会議に出席した人達は三々五々、夜の巷に消えていった。

年二回の支店長会議とはいえ、朝からの長時間の会議で高倉も疲れていた。支店長職は激務だがやはり一国一城の主、工夫次第では、自由な時間もある。今日一日は朝から夕方まで拘束されたままであった。

早く解放されて、出来れば気がおけない仲間と語り合いたかった。そんなふうに高倉が思って歩いていると、背後から呼び止められた。

「高倉、ちょっと待てよ。一杯つきあわないか」

「ああ、大川か。ニューヨークからわざわざごくろうさん」

「松井を誘って飲みにいかないか。あいつ、黒川商事に出向することが急に決まったらしい」

「なに、松井君が出向だって」

「昼休みに聞いたんだ。突然会いたいっていうんで」

「六時に正面玄関で待ち合わせしよう。それまでに顔を出さなければならないところもあるから」

「俺は東京には一週間の滞在だ。明日からゆっくり本部詣でをするつもりだ」

小一時間経った頃、同期入行三人組は新橋の小料理屋で旧交を温めていた。

「ともかく再会を祝して乾杯といこう」

「それに松井君の第二の人生のスタートを祝して」

「ありがとう。出向が決まってから、どうも周りの連中が敬遠しているみたいだ。ともかく二人とも、今晩誘ってくれてありがとう」

「それでは、乾杯」

三人のジョッキの重なり合う音が大きく響いた。その時、小料理屋の女将《おかみ》が顔を出した。

「三人ともお久しぶりですね。特に大川さん、すっかりお見かぎりね」

「女将さん、違うんだ。大川はこの二年間ニューヨーク支店勤務なんだ」

「単身赴任さ」

精悍な顔の中にも幾分淋しさを漂わせて大川はつぶやいた。

「それはそれはまったく存じませんで。でも支店長としてでしょう」

「大川は当行きっての国際畑でね、若いときから海外勤務が多く、国際業務部門のエリートだ」

「おいおい、高倉、よせよ。そんなお世辞はお前らしくもない」

「あら、こちらは松井さんでしょう」

「ええ、松井です。よく名前を……」

「そりゃ、お三方の名前は知ってますよ。三十年くらい前だったかしら、あけぼの銀行新橋支店に入った評判の花の三人組ですもの。若い頃はよく飲みにいらっしゃったでしょう」

「そうか」

突然の出向命令で意気消沈していた松井は、女将の言葉で元気を取り戻したようだ。他の客に呼ばれて女将が退席したのをきっかけに、松井は自ら話を切り出した。

「昨日、人事部長に呼び出されて出向を命じられたときに聞いたんだが……。当行では経営合理化のリストラとして店舗を百店、人員を二千名、役員数も約半数にするそうだ。まだ正式の発表ではないが、近々公表するらしい。今日の支店長会議では当然リストラの話はでたんだろう」

「いや、そんな話はない。なあ、高倉」

「主にでたのは不良債権の早期処理の問題さ」

「人事部長が俺に引導を渡すために、嘘の数字を並べたのか」

「人事部長は元来、口が堅くて信用のおける人だ。具体的な数字をあげたとなると、経営最高会議ではすでに決まっているのかもしれん」

高倉は突然の出向命令で部長への不信感を増長させた松井を諭《さと》した。

「俺のところのニューヨーク支店はどうなるんだ。いま当行はビッグバン後の戦略を個人や中小企業を対象としたリテール（小口金融取引）に向けていると聞いている」

大川は松井の次は自分が出向の番かと、心配しながら言葉を続けた。

「うちのような都銀下位行では、機関投資家や大企業相手のホールセール（大企業取引）は無理だと思うが」

「お前もそう思うか。海外勤務をしてハクをつけて帰ってきたと思ったら、仕事がないという事態にもなりかねない。それでは陸《おか》にあがったカッパ同然だ」

「おいおい、大川、そうと決まったわけではないんだ。やけになるな」

「ニューヨークでは国際業務部門から撤退の話は、例の大和銀行事件以来、日本人仲間では話題になっていた。最近では、アメリカ人も、おたくは大丈夫か、とぬかしやがるんだ」

「華のニューヨーク支店長にも悩みがあるんだ」

ジョッキを二、三杯重ねたせいか、無口だった松井も饒舌《じょうぜつ》になってきた。

「行くも地獄、残るも地獄か」

「俺達、もう入行二十八年か」

「二十八年、俺は国際畑、高倉は国内畑、そして松井は人事部が長かったなあ」

「同期入行の八十六名の運命はいろいろだなあ。でも俺達三人は勤める場所が違っても、時折りこうして会おうや」

一週間後に新天地への出向が内定している松井は、やや感傷的になっていた。

「いざ銀行を離れるとなると淋しいな。そうだ、この機会に我々三人の、この会に名前をつけよう」

松井は銀行の親しい仲間との強い絆《きずな》を求め、会に名前をつけることにこだわった。

「松井、弥生会《やよい》はどうだ」

高倉が松井と大川に同調を求めた。

「弥生会か、それはいい。ここの女将さんの名前が、確か弥生さんだったよな」

大川がこの名前に同意した。

「せめて、半年に一度はここで会いたいなあ」

松井は淋しそうにぽつんとつぶやいた。

新橋支店に同期入行した三人組、いまそれぞれが別の人生行路を歩く岐《わ》かれ道に立たされている。高倉は地元の浅草支店長、大川は近い将来撤退の運命にさらされるであろうニューヨーク支店長、そして一番の出世頭と目されていた松井主任調査役が、出向命令を受けていた。

表向きの理由は、リストラ計画の実施にあたり、まず人事部より率先垂範《すいはん》することにあったが、その候補に松井があがったのは、人事部長との確執があったのだろう。

松井は厳しい定員制の実施で、ますます多くなっている営業店の残業に関して、所定の残業手当を支払うべきだという考えを主張していた。

しかし人事部長は、あくまで階層ごとに予《あらかじ》め示した所定の目標残業時間以外は、残業手当は払わないという従来の慣習を主張した。

いわゆる「サービス残業」に対する見識の違いである。松井は会議でも部長と残業手当問題をめぐって議論したようだが、部長とは折り合わなかったという。それが原因の出向と人事部内では噂されているらしい。

ともあれ二十七年前の若者には、まったく予期しえない人生が待ち受けていた。

第二章　貸し渋り

1

高倉の机の電話が鳴り響いた。

「上野支店の北村だ」

「何ですか、直通電話で」

「周りの連中にはあまり聞かれたくない話なんでね」

「と言いますと」

「早稲田大学出身の支店長、参事以上の集まりであるゴルフ・コンペのことだよ」

「塩田杯と言われるコンペのことですね。確か来月霞《かすみ》ヶ浦《うら》でやると通知が来ていましたが」

「君は欠席なんだそうだね」

「霞ヶ浦ですと自宅からは遠いですし、その日はプライベートの用事もありますので」

「世渡りが下手だね。俺が言うのもどうかと思うが、君は仕事はできるがどうも銀行内部、特に早稲田大学関係者の本部の連中とのつきあいが悪いな。営業推進本部長の塩田さんが心配していたよ。あいつは仕事が出来るだけに惜しいとね」

「本人に面と向かって言われたこともありますよ。お前は惜しいやつだと」

「惜しいやつということは、自分の配下に入れたいほど優秀な人間だと言うことだ。高倉、俺は塩田さんから頼まれているんだ。ゴルフの当日三人で組んで回ろうと」

高倉は北村の意外な言葉に、しばらく受話器を持ったまま次の言葉が発せなかった。

「君と俺の家は近い。一緒に車で行こう。迎えに行ってやる」

「ええ、しかし……」

「気が進まないのか。ゴルフ好きの高倉らしくない。君も聞いているだろうが、六月の株主総会で塩田さんは副頭取になるという噂だ」

「本人がそう言っているだけでしょう」

「塩田さんが言っているわけではない。しかし早稲田大学の支店長クラスの人間は、この際塩田さんを中心にまとまって結束しようということだ」

「結束ね。権力固めですね。私はこういう形でコンペに参加するのはいやです」

「先輩として親切に言ってやってるのに。もう一度考えて今週末までに連絡をくれ」

上野支店長の北村の自宅は高倉と同じ東急田園都市線にあり、支店長のブロック会議などで顔を合わせた時には一緒に帰ることもあった。支店長に昇格したのは、二年後輩の高倉の方が一年早かったが、塩田に取り入りお気に入りの存在となった北村は、出世のペースも他の同期生より早まっていた。

「日曜日ぐらい、ゆっくりくつろぎたい」という思いから気軽に不参加と返事を出したが、北村から思わぬ誘いを受けた。高倉は役員間の出世競争、権力争いに巻き込まれることにどうしても抵抗を感じたので、この申し出を断ることにした。

派閥がらみの校友会の集まりは、たとえ参加しても決して心地よいものではないだろう。出世するために人におもねるのは、まっぴらごめんだった。

2

高倉が浅草に赴任してから二ヵ月を経過した六月に、金融界に大きなショックが走った。かねて心配されていたように、不良債権問題をきっかけに長銀の経営不安が現実化したのだ。その動きは時代の流れを反映して急だった。

高倉は長銀の経営不安の動きを、経営のバロメーターとも言われる株価の動きで追ってみた。

六月五日、ある月刊誌が長銀の経営不振を指摘したその結果、株価は九・〇パーセント下落した。そして九日になると長銀系列下の長銀ウォーバーク証券が長銀株を大量に売却した。株価は七・九パーセント引き下げられた。

十一日には自民党の山崎政調会長が整理回収銀行を破綻処理の受け皿と発言。これをきっかけにして銀行株は下げ基調になった。

十七日、新聞各紙は日本の金融システム安定への注文を意図したサマーズ米財務省副長官の来日を報道した。その結果、長銀株は更に売りに出された。十九日になると長銀、日債銀の合併が報道され、長銀株は十一・一パーセント引き下げられた。二十二日になると長銀株はストップ安となり下落幅は最大の四十四・六パーセントにもなった。

こうした株価の急落に対して政府、自民党の動きも活発化した。まず、二十二日に自民党山崎政調会長が、長銀の合併相手に政府系金融機関の雄、日本開発銀行を候補に上げた。更に二十三日には宮沢元首相が米国型ブリッジバンク構想検討を表明した。その結果、長銀株は十四・五パーセント引き上げられた。

しかし二十五日には長銀株は再び下げ基調に転じ、株価五十円台に一時下落した。二十六日、長銀、住友信託の合併が報道され、株価は長銀株上げ、住友信託下げの様相を呈し、住友信託銀行株は市場の混乱を避けるため、取引停止の事態にまで追い込まれた。二十九日になると長銀株は買戻しが入り、株価は一応安定化した。

わずか一ヵ月にも至らぬ間に、我が国を代表する長期信用銀行の雄とされ、興銀と並び称された長銀の株価が市場の圧力に屈するかのように下降線をたどり始めた。

高倉にとって、長銀は思い入れのある金融機関で、あこがれを抱いていた。長銀は長信銀の長男格である日本興業銀行よりは設立も遅く、戦後生まれであったが、金融界における評価は「人材派遣銀行」と言われ、とかく見識が高すぎると見られる興銀よりも自由闊達《かったつ》の行風が好まれていた。

高倉は三十代の前半、約一年間長銀調査部に研究出向を命じられ、調査部の連中とは研究仲間、遊び仲間だった。そしてその仲間達が金融界の掟に堂々と挑戦するユニークな数多くの論文を発表したのに、大いに共感を覚えていた。

六月二十二日の夕刻、長銀ストップ安の報道に高倉は河野を支店長室に呼んだ。長銀とメインないし、サブ・メインの銀行取引をしている浅草支店の取引先の動きを探るためであった。

「長銀が経営危機にさらされるとは……。十年前には考えられなかったね」

「長銀は興銀と並んで信頼も厚く、長銀をメインバンクとする企業に対しては、我々も安心して協調融資をしてきたのですが」

「ところで河野君、うちの取引先で長銀がメインのところはどのくらいある？　もし長銀が倒れでもしたら早々資金に困る先だ」

高倉は長銀をメインバンクとしている浅草支店の取引先の実態を、緊張した表情で河野に尋ねた。

「うちの取引先は四社ほどあります。しかし業績はいずれも好調なので心配ありません。担保力も十分です」

河野は自信ありげに高倉に答えた。

「よかった。うちの店の取引先に影響がなければ……。これで興銀や長銀がメインであれば、審査の手間が省けるという、ひとつの神話がまた崩れたね」

「ここのところ神話崩れの連続ですね」

「日本の金融システムを支えてきた銀行不倒の神話は、これで完全に終わりだ。我々を支配してきた銀行法、それに沿った大蔵省の銀行局長通達、厳しい検査、その結果に基づいていた業務改善命令という名の裁量行政も、もはや終わりだ」

新しい時代の到来を河野に告げたが、まだ金融システムが本当に安定するには、多くの障害が横たわっているのを高倉は実感していた。

「すると過剰な接待がなくなり、いくらか気が楽になりますね」

「ざぶんやどぼんなどの接待は当分少なくなる」

「なんですか、そのざぶん、どぼんというのは」

「これは役所などを接待する時の格付けさ。一万円程度の軽い接待はざぶんと言われ、五万円前後の改まった席での本格的な接待はどぼんと呼ばれている」

高倉は隠語になっている接待の仕方の格付けを河野に説明したが、これまでの長い慣行からして大蔵省や日銀など指導官庁への接待がすべて廃止されるものとは思わなかった。

　権力の集まるところには、必ずそれを利用しようとする者、また権力を誇示しようとする者との癒着が始まると考えていた。

「すべてがすぐになくなるとは思わないが、まただいぶ変わっていくと思う。何しろ権力をかさにきた大蔵省の検査の前では、我々は迷える子羊だ」

　高倉は前の自由が丘支店で大蔵省検査の臨店に立ち会った際の、検査官の人を人とも思わぬ傲慢《ごうまん》な態度に、無性《むしょう》に腹が立ったのを思い出していた。

「ただ小さくなっているだけ」

「今回の長銀のように経営の危機に見舞われるケースは今後も出てくる。つまり市場の圧力、ずばり言うと海外の有力な格付け機関による日本の金融機関バッシングがされることになるだろう」

　高倉は大蔵省に代わって新しい権力となりつつある海外の有力格付け機関の度が過ぎる評価を憂《うれ》えていた。

「ではどうしたらいいのですか、これから先は」

「まず何よりも銀行自身が己の体力を強くすること。自己資本を充実し、例の不良債権の処理を早く済ませ、経営を健全化することだ」

「ですが支店長、私はこの際日本も強力な核弾頭を持つべきだと思うんです」

「この核弾頭は本物のミサイルではありません。米国の有力な格付け機関に負けない日本版格付け機関を作るということです」

「なんだ、唐突に」

「なるほど。お説の通りだ。ところでうちの取引先の格付け作業はどのくらい進んでいるんだ」

「格付け作業以前の問題がいろいろありまして、目先の問題案件の処理に連日追われている始末です。大変申し訳ありません」

「今の時代、前からも後ろからもいつ鉄砲玉が飛んでくるかもわからないからね。ともかく用心してくれ」

3

役席会で河野より提案された融資課員二名増員案に対して高倉は、副支店長二人と河野、関口の両課長を交えて検討した。その結果、取引先課の関口の反対があったものの支店長命令として融資課を二名増員、それも取引先課よりベテランと若手を起用することとした。それに伴い手薄となった取引先課は、遠隔地の集金業務を極力取りやめ、近くの集金にはパート一名を採用、また商店街に関しては長年窓口業務に携わり地元客に親しまれている加藤道子を登用した。

「融資課の増員ありがとうございます」

早速増員の知らせを聞いて支店長室を喜んで訪れた河野を見て、高倉は今回の決定を下した考えを示した。

「融資課の人達の月間の残業時間が六十時間というのはたしかに異常だ。それも本部からの所定の残業目標を超えた時間は、すべてサービス残業とは……。これでは到底よい仕事は出来ない。そこで店全体のバランスを考えて、思い切って取引先課から人員を補充したんだ」

河野は高倉の赴任時に抱いていた、きびしい支店長であるという印象を、この際きっぱりと捨て去ったかのように答えた。

「二名増員をしていただいた以上、きちんとよい仕事をしますからお任せください」

「頼んだぞ」

高倉は融資課だけが特別の世界だという職人気質を前面に出した河野が、わずかだが店全体や部下の健康のことを考える役席者に成長しているのを感じ、率直に喜んだ。

高倉は地域情勢をふまえながら地元密着、商店街進出と融資体制の確立の布石を着々と打っていった。しかしながらこの陣形は意外なところから崩れ始めた。

六月のうっとうしいじめじめとした小雨が降る閉店間際の時刻だった。

「支店長に会わせろ。どこにいるんだ」

貸付窓口で客の怒鳴る声がした。

「どちら様ですか」

ロビーマンが駆けつけたが、客の声はさらに大きくなり支店長に会わせろと連呼した。

「支店長はどこだ。この若僧では話にならない」

相変わらずの叫び声に、カウンターの中で締め間際の事務を取り仕切っていたであろう融資課の支店長代理の三上が、急いでカウンターまで出ていったようだ。

「野口君、どうしたんだ。ともかくお客様を応接室にお通ししなさい」

三上の言葉で野口はあわてて客に声をかけた。

「どうぞ応接室に」

「ともかく支店長に会わせろ」

「少々お待ちください」

高倉は店頭での客の大声で何事が起こったのかと驚いたが、ひとまず三上のとりなしで客を応接室に案内したようなので、ことの推移を見守ることにした。

三上の咄嗟《とっさ》の機転で応接室に案内された取引先の話は、融資に関してのクレームだった。

取引先によると、六月末に予定している五千万円の賞与資金を六月の初めに申し込んだ。

ところがその後再三再四の電話連絡にもかかわらず、担当の野口からの回答は、「ただいま検討中です。もう少しお待ちください」というものばかりだったという。

「今日は意を決して明日の午後六時から開始する組合との団交を前にして、支店長に直接会ってその諾否《だくひ》を聞きに来たんだ。組合の連中は銀行との借入交渉の話をまったく信用していないんだ。はっきりした返事が聞けるまで、ここで待たしてくれ」

応接室で応対した三上は事態を把握した。

担当の野口は昨年末に融資課に配属されたばかりの新米であり、主な業務は住宅ローン、消費者ローンなどの個人ローンの受付事務だった。今年に入ってようやく仕事の一部に法人先の担当を二十件ほど持たされたほか、比較的審査が楽な地方公共団体などの制度融資を専門に扱わせていた。

六月に入ってからは、マルトと呼ばれる中元運転資金の東京都制度融資の処理に追われている。五千万円のプロパーの融資申し込みに関しては、早く案件を処理しなければならないと思いつつ、簡単に処理のできる取引先の融資申し込みを優先してしまっていたようだ。

諾否の回答は、手つかずだった。残業につぐ残業、若い新人にとっては頭の痛い問題案件でもあったのだ。

「お客様のおっしゃる事情はよくわかりました。私は支店長代理の三上ですが、早速明日までにお返事いたします。一日だけ猶予をください」

「今まで待たせておいて、組合との団交にどう回答しろというんだ」

「そこを何とかなりませんか」

取引先の社長は厳しい組合との団交を思い出してか、即座には返事をしかねていた。

「お願いします。一日だけ。こちらの不手際で大変申し訳ありませんが、検討すべき資料が足りません。予想資金繰り表が必要ですので、ご用意いただけませんでしょうか」

「そんなものは出したことはない。いつも金繰りはここだ」

小太りの社長は身体を揺すりながら、見事にはげ上がった頭を指した。

「本当に申し訳ありませんが、是非この際、資金繰り表を提出してください。それをもとにうちとの交渉も、それに……」

社長は黙って三上の言葉を待った。

「組合との交渉も御社の現状をよく説明して、納得するよう数字で示してください」

「そんなことあなたに言われなくてもわかっている。そうかやはり資料は必要か。それならそうと融資を申し込みにきた時、その場で言ってくれればよかったんだ。しかし明日までに資金繰り表を作れと言われても、俺は数字のことはあまりわからず、苦手だ。この際だから顧問税理士に頼むか」

社長は口の中でぶつぶつ言いながらも、ともかく税理士と相談して資金繰り表を早急に作ることを約して引き揚げていった。

小雨降るうっとうしい日のクレームは三上の対応によって一応処理を終えた。高倉は融資体制の立て直しは、現実には思った通り事が運んでいないと感じ始めていた。部下の教育と取引先への計数管理の指導など頭の痛い問題が、梅雨のなか一層ストレスを強くさせた。

「それにしても今年はじめじめした小雨が多い。スカッとした夏の青空が見たいものだ」

高倉が落ち込んでいるところに、河野が取引先訪問から帰ってきた。三上が留守中に起きた客のクレームを河野に報告したようだ。

「支店長、申し訳ありません。いま三上から聞きましたが、野口がミスをしまして」

河野はまず高倉に詫びた。

「三上君がうまく対応してくれたよ。しかしこれからは問題となる融資案件は抱えこまないよう指導してくれ。相談があれば答えはすぐに出すつもりだ」

「ところで大野商会の社長に、かねてからの自宅以外の不動産担保の差し入れ交渉に行ったのですが」

「どうしたんだ」

「前からおかしいと思っていましたが、二〜三日前から社長は会社に来ず、また自宅にも帰っていないようです。会社の様子もちょっと異常でした」

「夜逃げということも考えられるな」

「あそこには五千万円程度の無担保の貸付金があります。商業手形の枠も三千万円はありますが、定期は個人を合わせても二千万円もありません」

「裸にするといくらだ」

「問題は手形の中身です。納めた商品の見返りにもらう商業手形でも大野商会自体が倒産しますと、商品が契約通りに納入されていないなどの理由で、契約不履行で不渡りとして返ってきます。したがって商業手形の割引した分は決済されていないことも多いのです」

「すると六千万の実損か、おい」

実損に至る不良債権の発生を予期して、高倉の声が荒くなった。

「まだはっきりわかりませんが、最悪のケースを想定しますと」

「河野君、至急担当者を連れて、そうだ、三上代理も連れて会社と自宅とに分かれて訪ねてくれ。とにかく実情把握が大事だ」

「先方に着き次第、すぐに電話します」

「そうしてくれ。ひょっとすると計画倒産かもしれんぞ」

「つい三日前にはうちの店にも社長は顔を出していましたが」

「ともかくなかの事は他の者がやる。すぐに行ってくれ。俺は何時になっても店に残っているから」

高倉は日頃は勘定が合った頃合いを見て店をあとにしたが、不良債権が発生しそうな緊急事態に、今日は最後まで店に残って陣頭指揮をとるつもりでいた。

河野と担当者、三上と別の課員、ふた組に分かれて、すぐさま小雨の降る夕闇せまる街角を足早に消えていった。ひと組は店の車で、ひと組はバイクに二人乗りになって、貸金を守る使命を帯び、本社と社長の自宅へと急いだ。

待つこと小一時間、河野より第一報が入った。

「支店長、すいません。社長の行方は不明です。経理部長の武田さんに会ったのですが、月末の資金繰りが苦しく、社長は悩んでいたそうです。メインバンクから先週融資ストップを受けたそうです。もう少し実情を調べてから帰ります」

「メインバンクはすでに融資を引き上げたか」

高倉が河野との電話を切るまもなく支店長席の電話から三上の悲鳴にも似た声が響いた。

「三上です。船堀の自宅前は警察のパトカーが駐《と》まっており、周囲はものものしい警戒です」

「何があったんだ」

「近所の人から聞いた話ですが、社長の奥さんが自殺したそうです。また社長は三日前から家に帰っていないようです。いま親類らしき人が目を泣きはらして出てきました。会社の経営を苦にしての自殺と言ってますが、肝心の社長の行方がわからず警察も追っているようです。また事情がわかりましたら報告します」

副支店長の小野が事態を察知して心配げにたずねてきた。

「支店長、どうですか」

「最悪だ。明日の朝刊にはおそらく事件の一部が報道されるだろう。ともかく貸し出しの稟《りん》議《ぎ》書《しょ》を見せてくれ、もう一度貸出債権の中身を当たってみよう。特に商業手形の落ち込みの見通しは慎重にしよう。君も手伝ってくれないか。明朝にも本部に報告しなければならない」

この事件は社長の行方がつかめないまま、商業手形の落ち込み状況の推移を見守ることになったが、予想された通り大野商会の商品が取引先に納入されなかったため、商業手形の大半は「契約不履行」の理由で不渡りになってしまった。

あけぼの銀行浅草支店が大野商会から受けた実際の損害額となる不良債権は、貸付金三千万円、商業手形のうち不渡り分二千万円で合計五千万円に達していた。

4

浅草支店をめぐる相次ぐ不良債権問題は、大野商会事件をきっかけに幕を切って落とされた。

一週間後、あけぼの銀行をサブ・メインとしている中堅ゼネコン業者西洋建設が突然倒産した。

破綻の直接の原因は、メインバンクであるつばき銀行が融資を全面的に撤退したことによるものだ。つばき銀行としても突然融資の引き上げを求めたものではなく、副社長と専務の経営陣に銀行の支店長級の幹部を二名派遣するなどして、内部から経営の刷新を図った。しかし株の大半を握るオーナー社長一族の抵抗の前に、銀行主導の内部改革は思うに任せず、ついに融資の全面引き上げによる経営の破綻となった。

この中堅ゼネコン業者の倒産の根本的な原因は、バブル期において高値で買収した土地の遊休化、テナント保証で施行したビルの空室化、さらに追い打ちをかけたのは、千葉市郊外に開発した億ションが周辺住民の反対によって工事を中止したことにあった。

サブ・メインとしてあけぼの銀行浅草支店も、このメインバンク撤退の影響を受け、一部肩代わりの追加融資には応じた。しかし結局はこの追加融資も焼石に水、その分あけぼの銀行は損害を受けることになった。

「支店長、申し訳ありません。危ない動きはうすうす感じてはいましたが、対応が追いつきませんでした」

融資課の河野課長が詫びた。

「西洋建設といえば、この界隈でも一応名の通っている中堅ゼネコンだからね」

高倉は恐縮している河野を前にして、やむをえない事情も察した。

「それもそうですが、西洋建設は関連会社あけぼののリースの社長をしているうちの副頭取だった佐倉さんと親しい関係にありました。二年前に浅草支店が久しぶりに業績表彰の栄誉に輝いた時に二十億円程度の協力預金の上積みがあったと思います」

「西洋建設と佐倉前副頭取の関係は行内では噂になってはいた。協力預金システムを使ってリース会社と裏でつながっていたのか」

協力預金システムとは、バブル期に主として大手都銀を先頭にして駆使された最も安易な預金集めの方法だった。

仕組みはごく簡単で、営業現場である支店が支店長を中心として将来地上げになるような土地を物色し、地元不動産業者と組んで土地を買い漁《あさ》る。土地の売買資金は自分の店から融資をすることもあったが、本部の手前急速な融資増加を避けるためと、当時大蔵省から出されていた不動産に関する融資規制の枠をのがれるため関連会社を使ったのである。まず関連会社のノンバンクに迂回融資をさせ、その取引の仲介料として協力預金という名目の通知預金をタイミングよく入金させたのである。また関連会社のノンバンクは、母体である銀行の信用をバックにほとんど無制限で大手都銀、地銀などから資金を借りまくり、金余りの中でそれらの銀行も進んで融資に応じていたのである。

「私も両者の関係を何となく聞いていましたので、極力融資を抑えてはいたのですけれど」

「では二月に追加融資に応じているのはなぜだ」

「何しろメインであるつばき銀行からは、副社長と専務が派遣されていましたので。そのうえ……」

当時の金融界にとっては、メインバンクからの社長を始め経営陣への役員人材派遣は当の会社経営立て直しの目的の他、メインバンク以外の金融機関への支援の証《あかし》でもあった。その結果、他の金融機関もメインバンクのてこ入れを信頼して融資を続けていたのである。

河野がメインであるつばき銀行からの人材派遣に安心して融資を続けていても、一向に不思議はない。

しかし追加融資を続けるのに別の理由があると問題は別であった。

「何があるんだ」

「営業推進本部長の塩田専務からも、よろしく頼む、預金残を落とさないためにも協力してやってくれ、と時折り電話がありました」

「なぜ塩田さんと西洋建設につながりがあるんだ。……ああそうか、塩田さんとリース会社社長の佐倉さんとは同窓で、営業推進本部でコンビを組んだ仲だ」

「そうでしたか、少しも知りませんでした」

「今度の倒産でどの程度の実損が出そうだ」

「突然なので担保の評価がまだ十分に出来てませんが、いずれきちんと調べます」

「概算でいいんだ」

「一億は下らないと思います」

「やはり一億は出るだろうなあ」

「誠にすいません。ついつい目先の案件処理に追われて、問題先の解決を先送りにしてました。それに預金が大きく減ることは、関口課長も猛反対ですから」

浅草支店のような大型店舗ともなると、取引先の倒産ないし融資の引き上げに伴う預金の相殺《そうさい》や預金の引出しは、預金減という大きなマイナス要因となった。いくら関口課長達取引先課が必死に預金を集めても、その努力は大口取引先の倒産などで一挙に吹き飛んでしまう状態にあった。だから融資課長の河野としても頭ではわかっていても、実際の行動はついつい問題融資先の解決を先延ばしにしていたのだろう。

「今回の件では減給や賞与の一部カットなどを覚悟している。君にまで処分が及ばなければよいが……。この件で本部、特に塩田さんが手助けしてくれるとは思わない方がよい。佐倉さんもそうだ。本部で頼れる人は誰一人いないと心得た方がよい」

「私はよいですが、支店長は執行役員一歩手前の大事な時期ですので」

「私のことはどうでもいい。それよりも今後この地区は倒産旋風が吹き荒れるぞ。もう一度取引先の信用状況を見直してくれ」

「早速、今日全員を集めて債権保全の徹底を再度指示します」

「頼むぞ」

高倉は相次ぐ取引先の倒産劇の中から支店や部下を守るためにも、自ら陣頭に立つ決意を固めた。

5

「禍福《かふく》はあざなえる縄《なわ》の如し」と言われるように浅草支店は、高倉の赴任以来相次ぐ不良債権の発生という暗いニュースに見舞われたが、七月に入って取引先課の関口から吉報がもたらされた。

「支店長、いいニュースです」

汗をびっしょりかきながら、巨体をゆすって関口が支店長室に入ってきた。

「どうしたんだ。まあ、汗を拭《ふ》きなさい」

なおも噴き出る汗を拭《ぬぐ》いながら、関口は支店長に急《せ》き込んで報告をした。

「オーケーがでました」

「のれん会の会長からオーケーが出たのか」

「午後一番に来てくれと言われ、行って来ましたところ」

「どうだったんだ」

高倉は関口の次の言葉を固唾《かたず》を呑んで待った。

「店頭のウインドウのひとつにのれん会各店の名前の入ったまといを展示してもよい、という返事をもらいました。地元出身の初めての支店長だからと、いままで地元商店街に目を向けなかったことは忘れる、とのお言葉です」

「そうか……」

高倉は赴任早々関口を同道した、のれん会会長との初顔合わせの時を思い出した。

「あなたが高倉さんか。噂は商店街連合会の人達からも聞いている。地元出身で、前任が自由が丘支店長だったことも。しかしおたくの銀行の支店長で、正面切って商店街、中でものれん会に挨拶に来たのはあなたが初めてだ。いったいあけぼの銀行浅草支店は本当に浅草支店なのか。雷門通りに店がありながら、商店街と疎遠とはね」

それまでの商店街の不満が一挙に爆発したかのように、歯切れのよい言葉で会長はまくしたてたのだった。

高倉は、あけぼの銀行が地元商店街への取引を積極的に推進するシンボルとして、なんとしてもウインドウにのれん会の加盟各店の揃いのまといを飾りたかった。

そのため暇を見ては、関口とともにのれん会の事務局に通ったが、色好い返事はもらえなかった。

「店頭ウインドウを地元商店街の広告、宣伝に使っていただくのはうちの店の願いですし、商店街との取引を深めますという当銀行の証になるはずです。店の前を通る地元の人達や観光客にも、うちの銀行と商店街との親密さをアピールすることにもなります。ぜひお使いください。お願いします」

「支店長、まといの話もそうですが、もっと嬉しい話も進めてきました」

「例のデビットカードの件か」

「そうです。デビットです」

「すごいぞ、関口君」

　ここのところ相次ぐ不良債権の発生で沈みがちだった高倉の心に、一瞬明るさが戻った。

デビットカードの魅力は、利用者が銀行のキャッシュカードで、日本デビットカード推進協議会に加盟している商店街、百貨店、スーパーなどで自由に買い物が出来る点にある。しかも手数料など一切の負担がかからない。

　日本では一九九九年一月四日から郵便局を含む一部の金融機関と百貨店、商店街などの参加を得てデビットカード・システムが始まる予定だった。

　銀行にとってのメリットはこれまで自動預け払い機（ＡＴＭ）や現金支払機（ＣＤ）しか使用できなかったキャッシュカードに、現金を持たずに買い物が出来るという新たな機能が加わったために、個人客の確保の際にきわめて有力な商品として売りこめる点だ。

　デビットカードはすでに欧米で利用されているが、最大の利用国である英国では、登場して十年、発行枚数も四千万枚に達し、クレジットカードを抜く勢いにある。

デビットカードに関してはあけぼの銀行も一部の大手都銀や地銀と同様、当初から参加していた。

このカードは十年後にはキャッシュレス時代が到来し、小売店などの代金決済の四～五割がた利用されるものと思われている。

関口によると、こうした動きに遅れないように、商店街があけぼの銀行と手を結んで乗りだすつもりがあることを、会長がほのめかしたそうだ。

「関口君、このデビットカード導入は来年一月からだが、ひとつ商店街と協力して他行や他店の鼻をあかしてやろうよ」

「まかせてください」

「頼んだぞ」

「そうそう、十和田の女将さんが支店長に会いたがっています。折角地元に帰ってきたのだから、恩返しのつもりで得意の講演会を女将さん連中を相手に開いてほしい、と言っていました」

「照ちゃんか。取引先を紹介してくれたり、いつも応援してくれるのがありがたい。講演会などおやすいご用だ」

高倉は小学校時代の級友のあたたかいメッセージに目頭《めがしら》が熱くなった。

「支店長、オーケーですね」

高倉の返事をもらうや関口は階下に駆け下りていった。

6
「支店長のお耳にだけは入れておきたいと思いますが……」

「どんなことかね、河野君」

相次ぐ取引先の不良債権発生の中で、高倉はまた取引先の業績が悪くなり倒産の恐れが生じたのかと身構えた。

「今日、取引先の和田商会の経理部長の紹介で新規事業に関する融資の申し込みがあったんです」

「どんな事業なんだね」

「顧客管理・営業活動支援用地図検索ソフトの事業化です」

「ソフト開発のベンチャー企業だね」

高倉はかねてよりベンチャー企業の育成に興味を持っていた。なによりも心配しているのは、日本では一九九〇年代に入ってから新たな事業を始めるよりも、廃業する企業の数が上回る状態が続き、このままでは日本経済の活力が著しく衰退するのではないかということだ。目先の業務に追われながらも、在任中に一件でも二件でも、二十一世紀の日本を担う成長産業とされるバイオテクノロジーや情報通信分野などのベンチャー企業を育てたかった。

「本人は東芝を半年前に退社して、独自の技術を駆使して今回のソフトを開発したそうですが……。申し込み金額三千万円に相当する担保物件もありませんでしたので、断わりました」

「断わったのか」

高倉は落胆したが、思い直して口を開いた。

「一度その人に会ってみたい。そして出来れば本部の法人事業部に相談してみよう。ベンチャー企業への支援は、これからのうちの銀行にはなくてはならぬ業務だ」

新規事業に関する融資についての高倉の前向きの姿勢にいささか驚いた表情を見せた河野は、明日にでも本人を呼び、くわしい事業計画を聞いてみることを高倉に告げた。

翌日午後、新規事業を起こそうとしている起業家の叶《かのう》に、高倉は河野と同席の上で会った。

叶が開発したソフトは、一定の限られた地域での効率的な営業活動を推進するのに地図を利用して顧客管理をしようとするもので、その検索ソフトは取引先の所在地や内容と自社商品やサービスの売込み状況をひと目で判断し管理・推進しようとするものであった。取引先の内容やニーズに応じて一定の地域を地図を利用して、徹底的に開拓するのに役立つソフトである。

　このソフトの事業化は、市場で独占的な地位を確保できると考えた高倉は、その独自性に賭けることにし、本部の法人事業部に新規事業育成のための融資を申請することとした。

　あけぼの銀行の法人事業部は、営業推進本部の傘下にあった。営業推進本部は塩田専務が率いていたが、新商品・新種業務の企画・研究・開発・管理の商品開発部、営業店全体を統括する支店統括部、そして法人事業分野に関する企画立案・推進・管理の法人事業部があった。その他個人事業分野に関する企画立案・推進・管理を担当する個人事業部もあった。

　法人事業部宛に新規事業育成のためのベンチャー企業支援の融資を三千万円申請した二日後、営業推進本部長の塩田より高倉に電話が入った。

「高倉、叶ソフト開発会社の融資申請、これはなんだ」

「と申しますと……」

　無担保、無保証となるベンチャー企業に対する新規の融資申請は、通常のケースでは諾否に関しては法人事業部長の権限内の事項であるのに、その上司の塩田からの怒りを込めたかのような大声に高倉も身構えた。

「先行きのまったく見通しの立たないベンチャーなどに、いまうちが大切な資金を貸すわけにはいかない。そんなこともわかっていないのか」

「しかし専務、二十一世紀を担う大切な産業だと思いますが」

しばらく塩田とベンチャー企業支援に関して議論したが、塩田は電話口で脅《おど》すような口調で高倉に告げた。

「こうした件は、事前の根回しが必要なんだ。君はいつまでも青臭い。たまにはゴルフ場にきたらどうだ」

高倉が塩田杯と言われるゴルフ・コンペの参加を断わったのをいまだに根にもっていて、自分に対して塩田が悪感情を抱いていることを察した。

高倉にも意地があった。本部の法人事業部に断わられたならば、他の方法でもっても叶ソフト開発会社を支援したかった。そしてこの企業が将来大きく成長することによって、塩田の鼻をあかしてやりたかった。

高倉はベンチャー企業育成に理解のある、政府系の金融機関である中小企業金融公庫の知人に連絡するなどして積極的に動き始めた。

高倉の精力的なベンチャー企業支援の姿勢にいつしか河野も魅せられていた。

——融資課は不良債権の回収や貸し渋りだけやっていてはだめだ。やはり二十一世紀を担う新しい産業に対する貸し出しを積極的に行わなくては……。それには従来の貸付基準では古すぎる。リスクを避けながらも、時にはそれを負っても企業を育成することが大事だ。

河野は、高倉が自らリスクを背負いながらも、若い起業家のために積極的に動く姿に感動を覚えた。

7

一九九八年七月十二日の参議院選挙は、金融不安と政策不況とが複合した景気低迷の真っ只中で行われ、国民は橋本内閣にノーの判定を下した。代わって同じ小渕派の領袖《りょうしゅう》である小渕恵三が内閣総理大臣に任命されたが、政界の焦点は待ったなしの金融システムの安定、経済の再生に向けられた。

あけぼの銀行浅草支店では相次ぐ不良債権発生の処理に追われる一方、六月末現在の計数を基点とした融資先の貸し出し内容調査ともいうべき自己査定の作業で大わらわだった。

「課長、夏休みを来週一週間いただきたいんですが」

連日の残業にうんざりしている新米の野口が、河野に懇願《こんがん》した。

「何をのんきなこと言っているんだ。お前の担当のラインシート作成先は何件あると思っているんだ」

「三十件はありますが」

「もうできたのか」

「半分だけです……。何しろ決算書類がきちんとできていない企業が多いのです。ほとんど税理士任せで、内容を聞いてもよく把握していません」

「本店の与信監査室に提出する期限は十五日だ。支店長のところには遅くとも十日の金曜日までには提出してくれ」

「妻との海外旅行はだめですか」

「自己査定の作業が終わり、本部からオーケーのサインがでてからだ」

「離婚されてしまいますよ」

河野と新婚一年目の野口との会話に、融資課の連中は、仕事の厳しさをまだわかっていない野口に苦笑を洩らした。

「野口はかみさんあっての人生だからなあ。でもラインシートをきちんと作り上げないで、夏休みなどとんでもないぞ」

支店長代理の三上が野口を諭《さと》し、他の融資課員も作業の手を進めながらも、口を挟んだ。

「三上さんと違って野口は行内結婚ではないんですよ。奥さんは出版社の編集者だそうです」

「そうだったか」

「我々は行内結婚組、課長も内部調達組ですね。神田支店のナンバーワンを口説《くど》いたそうですね」

「いいかげんにしろ。今日は少なくとも全体で十五〜十六件はラインシートを上げて帰れよ」

河野は忙しい中でも和気あいあいとした雰囲気で仕事を進めている課員を頼もしく思いながらも、手綱《たづな》を引き締めることも忘れなかった。

自己査定の作業は年二回、六月末と十二月末を基準にして、本部より打ち出された貸出先の預金と貸付金の計数をもとにして、その内容チェックを翌月中旬から行っていた。大手都銀・地銀を中心として貸出先の資産調査をし、企業そのものの内容調査を主体としたラインシートを作ることを義務付けられている制度だ。

ラインシートとは、正式には貸出給付金調査表のことだが、この書類は自己査定の対象となる債務者・貸出先について債務者名、業種、与信額、分類状況などをきちんと整理してひとつの表として作成するものである。

貸出先である取引先一件ごとに企業内容、貸出金の明細、資金使途、特に貸出金が条件通り返済されているか、さらに貸し出しの際に十分な企業の実態把握がなされているかがチェックされる。なかでも設備資金や長期運転資金などについては、きちんとした事業計画や収支計画の下に償還財源が算出され、返済が十分可能であるかを調査することが大きな作業のポイントであった。

日頃から取引先の資金の動きを十分把握しているベテラン課員にとって、決算書類などの資料さえ十分そろっていれば、数日で作業は終了するはずである。しかし野口などの新米は作業の手順からマスターしなければならなかった。

汗の結晶ともいうべきラインシートが作成されると、融資課長と支店長とが個々の中身を検討する。現場は現場なりに分類債権を分けて、期限までに本部の業務監査部門の与信監査室に提出、本部より指定日を受けて支店長と融資課長はその内容説明に出向くというやり方だ。

浅草支店などの融資主体の店舗と異なり、預金吸収主体の郊外住宅店舗の場合は、大口融資先や問題先も少ないので、自己査定作業の負担は軽かった。

支店長の仕事はいかにして第Ⅲ分類、第Ⅳ分類に至る不良債権の金額を少なくし、灰色債権と言われる第Ⅱ分類を第Ⅰ分類として正常貸出先にするかにあった。支店経営のバロメーター、評価対象とされる自己査定の作業には支店長以下、いやが応でも真剣に取り組まなければならない銀行の掟が厳存していた。

与信監査室は全体から集められ、事情聴取した結果を全行的に集計して、あけぼの銀行としての分類債権を把握し、大蔵省に報告する。また大蔵省の検査に備え、いざ貸倒損失発生という時の準備として引当金を積み立てて、経営の体質を強化していた。

将来、焦げつき債権にもなりかねない、限りなく黒に近い第Ⅱ分類に関しては、与信監査室は厳しいチェックをした。

　これに対して現場の支店側は、自分達の勤務評価のマイナス面にもなりかねない第II分類以下の債権増加に関しては、その金額を増やさないことに執念を抱いていた。しかし本部側も肝心の大蔵省検査に備えて、厳しい査定で臨み、両者はその分類について丁々発止やりあうこともよくあった。

　自己査定をめぐっての本部との折衝も七月下旬にようやく終わり、浅草支店の融資課は落ち着きを見せてきた。

　折りしも七月二十五日は、江戸時代から続いている恒例の隅田川花火大会が開催される日だった。

　あけぼの銀行浅草支店でも高倉をはじめ多くの行員が夕刻より店の屋上へつめかけ、にわか作りのビアガーデンを開いていた。

「おい野口、結局海外旅行は奥さん一人で行ったのか」

「なんで私、銀行員なんかと結婚したの、と怒って行きました」

「そうか」

「まあまあ野口さん、そんなに浮かない顔をしないで。今晩は花火のようにドーンといきましょうよ」

　すでにジョッキ二杯を飲み干したいつもはおとなしい取引先課の加藤道子が、野口の肩を軽くこづいた。

「夏休みが思うように取れなくてかわいそうだったな。俺などはとっくに女房があきらめていて、休みに入った途端、子供二人を連れて秋田の実家に帰ってしまったよ」

河野は眉を八の字にし、ため息混じりにつぶやいた。

河野は夏休みには必ずといってもいいほど一週間の休みを取って、日ごろの家族サービスの穴埋めに妻の実家で子供達と野や川でともに遊び楽しんでいた。しかし今年は不良債権の発生でそれもままならなかった。

「河野君、この二〜三週間はご苦労様」

「支店長こそお疲れでしょう。毎日片道一時間四十分の通勤時間のうえに事件の連続ですもんね」

「これも運命だよ。そのうちいいことがあるさ」

花火大会は夕刻の雷で開催が危ぶまれたが、開始寸前になってぴたりと雷雨がやんだ。

「観音様の御利益《ごりやく》だ」

行員の中から声があがった。

8

八月二十四日、支店長室で高倉は休暇明けの河野と話し込んでいた。

「支店統括部の部長命令で、うちの店は九月末の貸金残高を五十億円減らしてくれ、と言ってきたんだ」

「なんですって」

「うちの貸金残を五十億円減らすんだ。この一ヵ月で」

「無理ですよ。どうしてですか」

「君も当行の置かれている現状を、特に九月末の中間決算での自己資本比率八パーセント以上のラインをクリアーしなければならないことに気づいているだろう」

あけぼの銀行を始め、国際業務を行っている銀行は国際ルールで総資産分の自己資本比率を八パーセント以上にしなければならない取り決めがあるのだ。

「この前もほかの店の融資課長と話が出ました。しかし急に五十億円と言われましても……」

「これは頭取命令でもあると言うんだ。近々東日本と西日本とに分かれて融資店舗を中心にして、このための会議がある。期末の貸出金残高の修正のための融資引き上げ会議だそうだ。さしずめ本店営業部、日本橋、大手町、新宿、新橋、神田、上野、そして浅草が大幅な減額修正店舗だ」

高倉は大型店舗の宿命とはいえ、貸出金の大幅な撤退、回収はやむをえないと考えていたが、実際にこれを個々の取引先にどう当てはめるかというと、実施には多くの障害が横たわっていることを予想していた。

「それでだ。この際融資先を再度見直して、ともかく九月末までに大口を中心に融資を減らしてほしいんだ」

「大口といっても、そんなに件数はありません」

河野は戸惑っていたが、ひとつの解決策を見出したようだ。

「一日時間をください。三上とも相談をしますから。三上から夏休み前に企業格付けの提案をもらっていますので」

「格付け？　そんなことがうちの連中にできるのか」

「ともかく一日ください。二人で相談しますから」

小一時間後、河野と三上は、会議室で密かに話し合っていた。

「課長、この表を見てください」

三上が河野に提出した企業格付け分類表は、次のようなものであった。

まず取引先を会社の経営内容による「信用格付け区分」と銀行の金融商品やサービスなど取引の加入状況を示す「取引協力格付け区分」のふたつに分類し、それぞれ五段階で評価するというものであった。その上で銀行としての取引方針区分を決めるというものであった。

具体的には全面融資引き上げ、一部引き上げ、現状維持の三段階に分け、当面の本部指示目標である五十億円減少に取り組むというものだ。

「この信用格付けの評価項目は、何に重点を置くんだ」

日頃から部下の財務分析に関しては厳しく指導している河野は、急き込むように三上にたずねた。

「まず収益性、それに安全性、成長性、規模、総合とします」

「財務面はそれでよいとして、非財務評価の項目は？」

「ここですよ。中小企業の見分け方のポイントは」

「ではお説を承りましょう」

河野は少しおどけながら三上の話を促した。

「なんといっても企業は人なりです。経営者そのものと後継者がきちんと存在しているか。ここが判断のポイントです。それに経営環境はどうか、浅草支店の場合は地場産業をどう育てていくのか、または不況業種として全面撤退するのかがポイントです。それに事業基盤も大切です」

「業界の環境が悪くても勝ち組として残るところもあるし。これはよい点に気づいている」

河野は三上の作成した案に感心した。

「ありがとうございます」

「ではこれをもとに企業格付けをして、融資先を見直そう。それで五十億円の貸出金を減らすとするか」

「相当な顧客の抵抗にあうでしょうね。覚悟しないと」

「誰だってお客にはいい顔をしたいよ。頭取命令だし、なによりもうちが生き残っていくためにだ」

「この企業格付け表に、金利格差もつけたらと思いますが」

相手先の信用状態や取引面の協力状況を見て取引先の総合的な格付けの上に、更に銀行が一定の儲《もう》けを上げるために取引先ごとに金利の適用幅を数ランクに分けて設け、格付け作業も一挙に行おうとするものである。これによって貸し出しの審査がスピードアップすることになり、融資を申し込んできた先には喜ばれることになる。

「金利格付けか」

「いずれ貸出枠の抑制のつぎには利益のことを本部は言ってくるでしょうし、この際一挙にやりましょう」

「それはいい考えだ。この店も不採算店舗と、この二〜三年言われているからね」

三上は自分が苦労して作成した企業格付けが早速採り上げられたので、非常に喜んでいるように見えた。

「よし、これでいこう。早々に支店長と相談しておく」

「お願いします。また忙しくなりますね」

「ところで夏休みはどうした」

「今年は女房もお産で実家に帰っていますから。そのうちに二〜三日とりますが」

「そうしてくれ」


河野は翌朝、高倉と企業格付け表作成に沿った融資撤退、融資引き上げ先リストアップによる総額五十億円貸出額減少計画を協議した。

「よくできている。特に金利適用の格付けまでいれてるとは、さすが河野君だ」

「これは三上の案です。三上をほめてやってください。あいつは夏休みもとらずに、こんなことを研究していたんです」

「頼もしい部下を持って我々は幸せだな」

河野は参謀格の三上を支店長じきじきにほめられ、日頃の三上との二人三脚の貸付運営に更に自信を深めた。

「取引先の企業格付け表は出来ても、実際の融資引き上げ交渉は難航するぞ」

「実際に融資引き上げの交渉となると、若い人達にもそのノウハウを教えませんと」

「ノウハウと言っても、相手も貸し渋りには抵抗するだろう」

「明日にでも会議を開いて、融資課員全員で取引先にそれとなく告げる方法を、つまり融資引き上げのシグナルを検討したいと思います」

「言葉は悪いが、貸し渋りマニュアルだね」

「そうです」

「五十億円の金額をわずか一ヵ月間で減らすには、相当の覚悟と対応が必要だ。明日の会議には私も出席させてくれ」

「ではよろしく。午後五時から二時間でアイデアを出しあいます」

「君は職人気質丸出しの融資課長と思ったが、部下をまとめるのもうまいし、育てている、確実にだ」

「おだてないでください。鬼の支店長からほめられるとは」

「おい、鬼とはなんだ」

高倉は河野の姿を目を細めて見ていた。

翌日の二時間にわたる会議で融資引き上げの取引先に対する姿勢、対応が次のように出された。

〈債務超過の先に対しては、業績の悪化を通じて融資を断る〉

銀行は融資の申し込みに応じたいが、債務超過では危なくて貸せない旨を婉曲《えんきょく》に申し出る。

〈連続して赤字を計上している〉

債務超過ではないものの慢性的な赤字を計上している先に対しては、リスクが多くて貸せないと断る。

〈親しい生命保険会社を紹介する〉

融資の道筋だけはつける。特に優良先に。

〈どうしても資金が必要な取引先に対しては、定期預金の解約に応じる〉

定期預金を始め預金の流出は出来る限り避けたいが、貸出金を抑えるためには、この際預金の減少もやむを得ない。

〈担保物件の追加を求める〉

すでに担保物件が入っている先にも必要以上にこれを請求する。相手先に担保がないのに求めるため、不快感をあおるがこれを逆手にとって他行への移行を勧める。

〈金利の二〜三パーセント上乗せを申し出る〉

通常金利より高い貸出金利の申し出に対して相手は反発する。それを見越して貸し出しの減少を図る。

〈本部からの厳しい貸出残高規制の現実を説明する〉

一番現実に即したものだが、やや説得力に欠ける。

〈これまでの取引協力度を引き合いに出す〉

定期預金を始め預金や金融商品、他の金融サービスに関してこれまで非協力的だった事実を説明する。メインバンクらしい取り扱いをされてこなかった旨、数字で実績のなさを示す。

〈一度もこれまで社長が来店されていないと経営者の誠実性を疑う〉

資金に困ったときでも、これまで社長自身が店頭を訪れていない旨を暗にほのめかす。

〈全額は無理ですと、半額にしてもらう〉

ともかく一律に申し込みを半額にしてもらう。特に設備資金などの長期資金に関し半額で対応する。

〈信用保証協会の制度融資の利用をすすめる〉

債権保全の面からも極力これをすすめること。

〈きちんとした提出書類を出させる〉

これまで借替えを繰り返した先に対して改めて多くの提出書類を求め、敬遠させる。

〈ともかく運転資金に関しては短期物は条件通り返済させる〉

反発を覚悟で返された資金に関しては、条件を付けて全額貸さない。

議論も出つくして、みんな一様に疲れた様子だ。高倉は最後に全員に言った。

「貸し渋りはしても、企業を温かく見守る目は忘れるなよ」

貸し渋りに対する現場のマニュアルを作成したものの、高倉も河野も苦渋の色が出ていた。

——融資の全面引き上げ・貸し渋りか。

折角ふるさとへ赴任しながら地元企業中心の貸し渋りは、高倉自身の心まで渋らせる厳しい現実となった。

「ふるさとへの恩返しどころか裏切りだ」

高倉は会議後、ひとり支店長室でつぶやいた。

第三章　生《い》け贄《にえ》

1

支店統括部の部長命令は、形だけは部長通達という方式をとっている。形だけというのは、実質は頭取による業務命令にも値する重要な意味を持っているからだ。中間決算での貸付金残高をトータルで五十億円減額する。そのための作業で現場は多くの混乱を招き、客とのトラブルはあとを絶たなかった。

「支店長と話をさせてくれ。一ヵ月の間に総額十五億円ある融資残高を五億円減らせとは、いったいどこの会社に対して言っているんだ」

「社長がお怒りになるのはごもっともですが、現実に本部より厳しい通達がきていますので」

「君達はいつも本部の通達とか、本部命令とか言うが、俺達は本部と取引をしているのではないんだ」

「ごもっともです」

五十億円貸出額減少計画の最前線の指揮官は河野融資課長だ。今日も朝から浅草支店では最優良の融資先社長と厳しい交渉をしていた。

「本部、本部と君は言うが、うちの会社はおたくの銀行とは四十年以上の取引をしている。株式も持ってくれと言われ、今では十万株の株主でもあるんだ」

「よく存じております」

「だったら株主として株主総会で今回の件を発言する」

「それは困ります」

「うちも資金繰りにいざ困ったとなると、おたくの株を売るかもしれん。それでもいいんだね」

「出来ればお売りにならないでほしいのですが、資金繰りのためならやむをえません」

「こんな頼りにならないメインバンクとは思わなかった。取引はこちらから願い下げだ。なにがメインだ」

「すいません……」

あけぼの銀行始め大手銀行では、増資のたびに支店の優良先に対して自行の株式の持株をすすめ、進んで株主になってもらっていた。企業によってはお互いの株式を持ち合うことによって、より密接な関係を築いてきた。株式持ち合い制は、投下資本の割りに利回りが低い配当金という資金の効率の悪さから、企業側から敬遠されはじめていた。企業によっては解消を申し出たり、あるいは突然市場で株式を放出したりしはじめていた。この株式の持ち合い制の崩壊が銀行株の急落を一層促していった。

なにが何でも貸出金の減額修正を、という本部命令の中で支店がとれる最大の手段は大口貸出先、それも比較的資金のゆとりのある先からの融資引き上げであった。ただでさえ資金繰りに困っている業績の悪い企業から、いきなり融資を全面引き上げてはたちどころに倒産し、銀行が最も恐れている不良債権が発生することになるからだ。

それでも浅草支店の貸出額減少作戦は、大口貸出先だけでは計画が達成できないため、信用格付けのランクが低い先、また取引協力度格付けの低ランク先にも及んでいった。特に企業業績を示している信用格付けはそこそこ中位にある先で、これまで取引協力度が少なかった格付け低位の先に対して、積極的に融資の引き上げを開始した。

九月中旬過ぎから浅草支店の現場では、融資課と九月の中間決算での資金手当てに奔走している取引先企業との間で激しいやり取りが行われていた。

前面に出て部下を指揮している河野だが、やはり交渉は難航している。

「九月中に実行予定の運転資金二億円は、ちょっと無理です」

「いったいどうしてですか。毎年のようにお借りしている季節資金ですよ」

長年の取引先である経理部長は、予期せぬ河野の融資拒絶に気色《けしき》ばんでいた。

「わかってはいますが、いろいろと事情があって……。検討はしますが」

「検討ですって。実績があるじゃないですか」

「でもこれまで預金や他の金融商品やサービスについて、ご協力がありませんでしたので」

「そんなこと一度も言われたことはありませんよ」

「本来申し上げなくても、進んで協力していただけるものですが」

融資係と取引先企業との貸出金をめぐる攻防、融資の全面引き上げと貸し渋りは連日のように行われ、最前線の融資課は疲れ果てていた。

2

自分の仕事を終えてしまった取引先課の関口は、八時をまわってもまだ書類の作成をしている融資課にやってきた。

「河野君も三上君も、だいぶお疲れのようだね」

「こういう時、外回りはいい役割ですね」

机の上の書類を点検しながら、三上は関口に軽い冗談をとばした。

「いや、本当だ。ご苦労様。どうだ一杯つき合わないか、河野君も」

「たまにはおつき合いしましょうか」

日頃は預金集めと融資という異なる立場にある関口と河野だったが、金融機関をめぐる環境の激変が二人を急速に近づかせた。特に大型店として浅草支店が本来の融資業務を華々しく展開していた過去から一転して不良債権の発生とその処理、そして突然の本部命令で有無を言わさぬ貸出額の減額作業や貸し渋りに、前の店で融資課長を経験した関口は、河野たちの後ろ向きの仕事に同情していた。

「浅草らしい小料理屋を見つけたんだ」

「高いところはだめですよ。関口さんのおごりなら別ですけど」

「割り勘だ。十和田の女将さんの紹介だ。きれいな若い女将がいて、うなぎがうまいんだ」

「本当ですか、関口さん」

残業に次ぐ残業で相当スタミナ切れになっていたらしい三上は、河野を促すように急いで身支度をした。

「課長、今日はこれでおしまいにしましょう」

「また明日やるとするか」

「二人とも通用口で待っているから早く来いよ。もう腹が減って、さっきからグウグウ鳴っているんだ」

大食漢の関口は笑いながら、二階の取引先課に戻っていった。

「いらっしゃい。あら、関口さん」

「女将、うちの仲間を連れてきたんだ」

「関口さんたら、私は女将ではないんですよ」

「そうだった、そうだった。奥の部屋、空いている？」

「どうぞ、狭いですけど」

「十分、十分。何しろ商売柄、人に聞かれてはまずい話もあるんで」

「どうぞこちらへ」

六畳ひと間ほどの奥まった小部屋へ三人は案内された。

「美人ですね、関口さんも隅におけない」

関口に続いて部屋に入ってきた河野はそっとささやいた。

「本当だ。融資課はいつも建物の中……。たまに外に行っても回収、回収だ」

二人の会話を小耳に挟んで関口がたしなめた。

「二人とも、そうこぼすなよ」

「でも毎日残業、残業ですよ。関口さん」

「ともかく乾杯といこう」

ビールが運ばれてくると、関口が音頭をとった。

「お疲れさまでした」

関口、河野、三上の三人は勢いよくグラスを重ね合わせた。

和食処葉月《はづき》は、あけぼの銀行浅草支店が位置する雷門通りから五十メートル離れた田原小学校の近くにあった。浅草を代表する観音通り、新仲見世通り、オレンジ通り、すしや通りなどとは少し離れた静かな場所にあるだけ、馴染み客が多かった。

ここを訪れるようになったのは、商店街の取引開拓に力を入れている関口に、おかみさん会の富永会長が、息抜きに行ってみては、と言ってくれたからだ。おかみさん会の会長は自分の店をPRする前に気風《きっぷ》よく若い仲間のこの店を紹介してくれた。

葉月を支えるのは、女将と板前、パート二人、それに女将の姪《めい》にあたる寿美《すみ》の五人であった。この二ヵ月は六十五歳の女将が、秋田の故郷に残している母親が急病になったため帰郷し、店の切り盛りは、寿美一人の肩にかかっていた。

寿美は中学校一年の時に両親を交通事故で亡くした。ひとりぼっちになってしまったところを、当時離婚して間もなく葉月を開業したばかりの女将に引き取られたそうだ。店から歩いて十五〜十六分の隅田川沿いにあるマンションで、寿美は大事に育てられたという。

中学、高校、大学と女将の愛情を一身に受け、なに不自由なく成長してきた。店主の女将が若作りのせいもあり、姪の寿美が和服を着ると、まるで姉妹のようだと噂する客もいるほど二人は似ていた。

女将は一年中和服を着ている。夏は浴衣《ゆかた》を羽織った。女将の影響を受けてか、寿美も大の着物ファンのようだ。

「女将さん、ここにきて一緒に飲んだら」

「いま参ります」

関口は顔が利く常連だ、ということを示したくて寿美に呼びかけた。

「お待たせしました。おいしいうなぎです。こちらは肝です」

「おお、待ってたよ。この香ばしい匂い」

「それにしても関口さん、私のことを女将と呼ぶのはやめてください。寿美と呼んでください」

「ごめんごめん。本当の女将さんはいつ戻ってくるの」

「祖母の看病が相当長くなりそうなの」

関口と寿美との親しげな会話の中に、寿美のえりあしの美しさに見とれていた河野が言葉を挟んだ。

「それは大変だ」

「まあ、どうぞ一杯」

河野と三上にもビールを注ぎながら、寿美は改めて名を名乗った。

「寿美です。よろしくお願いします。関口さんは女将と言っていましたけれども、脱ＯＬしてお店を手伝っているだけなんです」

「すると寿美さんは元キャリアウーマン？」

「キャリアウーマンなんて、そんな」

河野の言葉に、寿美は目を大きく開いて驚いた表情を見せた。

「どこで働いていたの。まさか金融機関では？」

三上も寿美の整った顔に目をやりながら、乗り遅れまいとして会話に入ってきた。

「ええ、まあ」

「どこですか」

三上は自分の勘が当たったのに驚き、さらに興味ありげに尋ねた。

「三上君、そう根掘り葉掘り聞いては寿美さんがかわいそうだ」

河野が寿美をかばうように、会話をさえぎろうとした。

「いいんです。皆様あけぼの銀行さんの幹部の方達とお知り合いになったのもなにかのご縁、私の前の仕事のことをお話ししてもいいかしら」

「どうぞ、どうぞ。ぜひ聞きたい」

寿美をまぶしそうに見上げ、河野は身を乗り出した。

「私も一杯飲んでよろしいですか」

「どうぞ」

河野が寿美のコップにビールを注いだ。

「おいしい。前の仕事は証券ウーマン。今から三年前まで、ある中堅の証券会社の課長代理だったんです。法人相手からスタート、辞める時は個人のお客様相手の営業部門でした」

「へえ、寿美さんが証券会社にいたとは。我々と同じ金融機関じゃない」

自分のところの商品を強引に勧め、客に損をかけても、翌日は平然と次の商品を勧めるのが、関口の証券会社に勤める人間のイメージだった。

しかし、目の前にいるしとやかな和服姿の寿美からは、そんなドライさは感じられなかった。

寿美の話によると、大学を卒業後、中堅の証券会社に入社、当初は役員室付の秘書だったが、堅苦しい秘書室勤務が性に合わず、営業部門を志望、将来はファイナンシャル・プランナーを目指そうとした。ところが現実の仕事で目にしたのは、この会社では客は法人、中でも優良先と言われる法人があくまでも中心で、肝心の個人の顧客はいつも無視され、中には相当の損害をかけられた客もいたという。

証券会社は利益をあげるために法人中心の営業方針を採用、その法人が株取引で損失をこうむると、利益補塡《ほてん》行為に走った。そんな会社の動きにすっかり嫌気がさして将来は花屋を開こうと、ガーデニングの勉強をしようとしていた矢先に母親代わりの叔母に頼まれ、店を手伝う羽目になったのだそうだ。

「そうだったのですか。証券会社ね。いまの寿美さんもいいが、当時のさっそうとしたキャリアウーマンぶりも拝見したかったな」

河野はビールを飲みほしながら、相変わらず寿美の白い襟元を見つめていた。

「昨年末でしたかしら。山一証券が自主廃業を発表した時に社長が、悪かったのは私達役員で、社員ではありませんと涙声で訴えた記者会見があったでしょう。テレビで見ていて本当にしらけてしまったわ。証券会社にいて、内部事情もよくわかってましたから」

「あれは空涙《からなみだ》、ジェスチャーだね」

関口は相槌をうった。

「山一証券はこれまで三度も立ち直るチャンスがあったんだ。前にも当座の資金がなくなって日銀から特別の融資を受けているし。その時、私の大学の先輩も多く同社を去っている」

「山一、日銀特融事件ですね」

河野と三上も山一証券の経営破綻時を思いだしたのか、しばらく想いにふけっていた。

「私、本当に我慢ができないのよ。なぜ日本の大会社の男達は、トップと戦わないの。出世したいだけなんだ」

「確かに長いものには巻かれろだ」

「でも、男でしょう。旧態依然の組織には立ち上がって戦わなければ。そう、自分との戦いにも立ち上がらなければね。男でしょうに」

「そう寿美さんは言うけれど、我々サラリーマンはしょせん籠《かご》の中の哀れな鳥だ」

河野と寿美との話が続いていたが、関口は突然思いついた。

「うちの親父、高倉さんなら戦うよ」

「だあれ、その高倉さんって」

「支店長だ。そのうちにここにも連れてくるよ」

「今どきそんな人もいるんですか。ぜひ今度お連れください。忘年会でも、新年会でも」

「そうしよう。確かおかみさん会の富永会長とは幼な馴染みと言っていた」

「そう、よろしくお願いします」

日頃は預金集めと貸付業務と、仕事の上では対立しがちな取引先課の関口と融資課の河野と三上は、寿美のおかげで打ち解けることができた夜だった。

3

支店統括部が頭取の威光を振りかざして出した貸出額減少計画は、やはり各融資店でトラブルが続出していたようだ。にもかかわらず、その威光におびえるかのように各支店長とも融資の引き上げ、貸し渋りに全力を注いだ結果、銀行全体では目標の数字を達成した。総資産対自己資本比率は、八・四パーセントになり、一応八パーセントのボーダーラインをクリアーした。浅草支店も高倉以下連日の融資撤退作戦の結果、目標をなんとか達成し、一応所期の目標を果たした。

しかし融資の引き上げ、貸し渋りは心まで渋るという気持ちは高倉と同様、融資課一同の偽らないものだったろう。

政府はこうした金融機関の貸し渋り現象が、景気回復の足を引っぱり、さらに企業や個人を倒産に追い込み、失業者が続出して社会不安が増大するのを懸念《けねん》した。そこで中小企業等貸し渋り対策大綱を八月二十八日に閣議決定していた。資金規模において総額四十兆円を超える対策の主体は信用保証制度の拡充、政府系金融機関の融資制度の拡充、そして政府系金融機関の金利減免措置の延長であった。

対策の中で目玉となったのは、信用保証制度の拡充である。中小企業信用保険法の一部を改正して中小企業の資金調達を円滑にするための無担保保険を、従来の三千五百万円から五千万円に拡充することにあった。保証枠の拡大の仕組みは、各地にある地方公共団体の制度融資の保証人になっている信用保証協会の経営を安定化するため、同協会が保険料を支払っている中小企業信用保険公庫への保険料率を引き下げ、その分政府が同保険公庫に財政面の支援をするというものであった。資金の大きな流れとして注目すべきことは、政府が貸し渋り対策として地方公共団体に補助金を交付、各地方公共団体は、信用保証協会の保証を条件に中小企業に経営安定化のための資金を融資するというものであった。その中心となった制度融資が中小企業金融安定化特別保証制度、俗に安定化資金と呼ばれるものだ。

この制度は金融環境の変化や取引金融機関の破綻などで、事業資金の調達に支障のある中小企業を対象に、一般保証とは別枠で一九九八年十月一日から始まっており、二〇〇〇年三月末まで実施される。

保証限度額は有担保二億円、無担保五千万円、保証料率も五千万円を超えるものは〇・七パーセント、一千万円以下〇・四パーセントなど一般保証の半分程度のものであった。

「中小企業金融安定化特別保証制度」の無担保の中小向け融資は、開始後一ヵ月で東京都の場合、東京信用保証協会の利用状況を見ると、申込件数五万二千二百六十三件、金額一兆五千三百七十三億円に達した。そのうち三万八千百十七件の保証を決定、承諾額は一兆九百二十七億円となった。

保証協会の審査係が処理するにはあまりにも膨大《ぼうだい》な申込件数で、審査能力の限界を越えているとも言われていた。

かなり経営内容の悪い中小企業に貸し込んでいるため、将来返済不能となり保証協会が銀行などから代位弁済の請求を受ける事態が起こるだろうと高倉は予想した。

ところが、この安定化融資をめぐって一部の都銀などでは、強引に客に勧め、申請店同士を競わせて、自分の銀行からの資金の貸し出しを抑え、制度融資の利用に力を入れていた。

あけぼの銀行浅草支店の融資課でも、その取り扱いが関心の的となっており、課の中心である河野と三上が話を詰めていた。

「他行では安定化資金をめいっぱい利用させて、一部を既存の借入金の返済に充《あ》てて、保全を強化しています。今日来店した取引先の経理部長が、安定するのは銀行だけだ、とぼやいていました。うちはどうします？」

「なにがなんでも債権を確保し、保全を強くするためにはそうした強引な方法もあるにはちがいない」

河野は三上にあいまいな返事をしたが、本部から暗に債権確保・保全強化のため、信用保証協会付の融資を利用して、既往の貸付金をその資金で一部返済させるように指示があったばかりだった。河野は客が困っている時に、そうした方法をとるのはなんとしても避けたかった。

思い悩んだ末、河野は三上に打ち明けた上で高倉に相談した。

「うちの店は安定化資金の肩代わりは、なんとしても避けたいと思います。融資の突然の撤退、貸し渋りをした挙げ句、自分達の保全だけを考えて、これまでうちの銀行で貸し出した資金の一部を、安定化資金で返済させるという方法は、客の恨みを買う一方です」

「わかった。私も君の意見に賛成だ。うちの既往の貸付金を安定化資金で返済させるなどの手段はやめよう」

河野は高倉の安定化資金への取り組みの指示を聞き、ようやく心のもやもやが吹き飛んだ思いがした。

4

浅草支店で融資の立て直しと商店街開拓とが軌道に乗り始めた頃、あけぼの銀行では浅草支店閉店のリストラ計画が秘《ひそ》かに検討されていた。

あけぼの銀行の本部組織では、経営に関する基本的企画立案、資金、収益、予算管理は、すべて大下常務が率いる経営企画部が握っていた。

特に経営合理化への取り組み原案は同じ部内の企画室が作成し、その原案をたたき台にして最高経営会議で討論・決定されていた。

最高経営会議のメンバーは進藤会長、田口頭取、天野副頭取、そして営業推進本部の塩田専務、管理本部長木村専務の五名の、代表権がある役員によって構成されていた。大下は常務ではあるものの事務局として参加していた。

十一月中旬に開催された最高経営会議では、経営合理化への具体策が大下から提出された。

「経営合理化とリストラの当行の取り組み計画をご説明致します。現状は人件費千二百億円、物件費千三百億円、役員数四十名、従業員数一万一千名、国内店舗三百四十店、海外拠点三十店です。これを中期経営計画の終了します平成十二年度二〇〇〇年三月末までに、人件費九百億円、物件費千百億円、役員数三十名、従業員数八千五百名、国内本支店二百九十店、海外拠点十五店に縮小するというものです」

「随分思い切ったことをするんだね、役員数を十名減らすとは。副頭取、専務、常務も一人ずつでいいということか」

「これはあくまでも原案です。生ぬるい合理化案だと金融監督庁や金融再生委員会は、受けてくれませんので」

田口のいかにも不快な表情を見て、あわてて大下は言葉を付け足した。

「金融監督庁や金融再生委員会の手前、当行もリストラ計画を積極的に行わなければならないのはわかるが、他の銀行ではどの程度なのかね」

天下り組がよく口にする「よそでは」という横並び意識の発言が天野からとびだした。

「調査中ですが、他行でも不良債権の処理を終了させるのと同時に、相当思い切ったことをすると聞いています」

大下は緊急のリストラ案作成で、企画室長以下四人では到底そこまで手が回らないという実情と、他行でも計画中のリストラは極秘扱いであることを説明した。

「肝心の支店統廃合の話だが。現状の国内店舗をこの二年間で五十店撤退し、一挙に二百九十店に減らすとなると、かなりきつい仕事となるな」

塩田が会長、頭取を交互に見てから発言した。

「それは覚悟の上ですけれども。問題はどこを統廃合するかです」

「このメンバーの中で支店長経験者は会長と私と、それに常務あなただけだ」

塩田は、大下に向かって言葉を投げかけた。

「私としてもできる限り店は統廃合したくありません。まして出身の店舗は思い入れもありますし、今でも当時の優良先とは支店長を交えてゴルフなどで付き合っています」

「そういえば常務は先週の土曜日、小金井カントリークラブに行ったそうじゃないですか」

ゴルフ好きの天野が話題を転じた。

「ええ、銀座の名村《なむら》支店長に誘われて」

「スコアはどうでした」

「二人のゴルフ談議はあとにして、話を進めましょう。私はこのあとすぐに融資の問題案件を処理しなければならないので」

融資担当の木村は、時間が惜しいというジェスチャーを、時計を見て示した。

「支店統廃合の原案はあるんですか」

店舗の統廃合はすぐ預金残高に響くだけに、塩田は身を乗り出して常務にたたみかけた。

「統廃合五十店のリストは一応用意しました。リストアップの基準は、合併以降の重複店舗を中心にしておりますが、それに東京、大阪地区の不採算店舗も加えました」

「この中には皆さんが支店長をされた店舗はひとつもないようですね」

天下って一度も支店長経験のない天野は、皮肉混じりにリストを見渡しながら言った。

「浅草支店も入っているのか」

支店統廃合リストの最後の方に、あとで付け足したことが誰にでもわかるように浅草支店の名が記されていた。

進藤は眉間にしわを寄せて、不機嫌そうだった。

「会長、このリストラにはどうしても目玉が必要なんです。特に他行でも躍起になっておりますす公的資金を受け入れるとなると、当行が真剣にリストラに取り組んでいる姿勢を見せなければ。金融再生委員会や金融監督庁は発足したばかりですが、きわめて手強《てごわ》い相手です」

大下は指導官庁対策であることを強調した。

「しかし浅草は、高倉支店長が行って融資も立て直し、商店街にもくい込んでいると聞いている」

進藤は浅草支店をリストラ店舗に入れることに不快そうな顔をした。

塩田が、大下に助け船をだした。

「大下常務の言うように、浅草という目玉を作らないことには役所を納得させることは出来ないでしょう」

「採算面では、三河島、上野も同一線上だが、なぜ浅草なんだ」

田口が、三年間の支店業績を示す経常利益を見ながら口を挟んだ。

「私は下町のシンボル的存在である浅草支店は残すべきだと思います」

木村が塩田や大下に反発した。木村と塩田は次期副頭取の座をめぐって、ことごとく反目し合っているのだ。

「頭取、浅草支店の件を含めて、このリストラ案は原案通りでどうですか。大下君も金融監督庁や金融再生委員会、それにマスコミ対策上も目玉と考えているようですので」

塩田が大下を支援し、田口の決断を促した。

「大下君の考えには一理ある。会長のご意見は？」

「皆さんがよろしければ、私は特に」

進藤がリストラ案に賛成の意向を示したタイミングを見て、大下は議事を進めた。

「では、もうひとつの目玉を入れましょう。浅草と銀座……、銀座を加えるならば、関西では西梅田を入れましょう。これでいかがですか」

大下は用意していたリストラ店の第二の目玉店舗として都心の銀座、関西の西梅田の名を、すかさず提案した。

「それがよい。賛成」

塩田が真っ先に大下の案に賛同した。

「会長、頭取、皆さんいかがですか」

「やむを得まい」

田口が原案に賛成したので、他の役員も同調した。

「それでは店舗に関する統廃合の件はこれくらいにして、次は人員の件に移ります」

大下は先を急ぐように、他の案件についての議事を進めた。

塩田がしてやったりという表情を一瞬見せたのを、大下は見逃さなかった。

浅草支店の上野支店への統廃合は最高経営会議で了承された。

「大下君、うまくいきましたね」

最高経営会議のあった会議室を出ると、塩田は同じエレベーターに乗ってきた大下に耳打ちした。

「本当にありがとうございます。塩田さんのお陰です」

「進藤さんに反対されなくてよかった」

塩田は進藤が塩田の推進する強硬な目標達成態勢に反発していると聞いていたので、進藤の出方を警戒していたようだ。

「思った通り木村は反発したなあ。あいつは俺の意見にはことごとく反対する」

塩田はライバル視されている木村の反対意見に、なおも拘泥《こうでい》していた。

「次期副頭取は塩田さんか木村さんだと、行内では話題になっています。もちろん私は塩田副頭取が本命だと主張していますが」

「君の応援は感謝する。君の仕事については口を出さないし、むしろ応援するよ」

「ありがとうございます」

「魚心あれば水心だ」

「これからもよろしくお願いします」

「ちょっと部屋へ寄っていかないか」

「ええ、でも次の会議が」

「少しでいいんだ。エレベーターの中ではまずいんだ」

エレベーターは一階まで降りたが、二人は改めて営業推進本部のある五階まで上がることにした。

足早に営業推進本部のある応接室に入る両役員を見て、女子行員が気を利かせてすぐにお茶を持ってきた。しかしそれには手をふれずに塩田が話しかけた。

「今回のリストラ案、特に店舗の統廃合候補店として浅草支店を加えたのは、相当思い切ったことだね」

「いろいろ迷いましたが、金融再生委員会や金融監督庁に対して、当行のリストラ対応の意気込みを示すことが第一と考えました。まあ、生け贄《いにえ》です」

「生け贄か。高倉の顔を見たいよ。確かあいつは浅草生まれの浅草育ちだ」

「塩田さんは高倉がお嫌いのようで」

「あんな生意気なやつはいない。この前もこちらから再三声をかけてやったにもかかわらず、早稲田大学有志のゴルフ・コンペに参加しなかった。せっかく俺が目をかけてやろうと思っているのに」

「塩田さんに反旗をひるがえしては、この銀行で出世の道はないですね。まして役員の目はないですね」

「この際、浅草支店とともにやつを葬《ほうむ》ってしまいたいんだが」

「反対勢力一掃ですね」

「俺もここが勝負時、派閥作りに精を出しているなどと、変な噂を会長にでも報告されたらたまらない」

「いまが大事なとき。私も及ばずながら力を」

「ところで正式発表はいつだ」

「十二月の取締役会で皆さんの了解を得て、一月初旬には金融再生委員会と金融監督庁に内認可申請、そして二月一日に上野、浅草両支店長に内示です。もちろん統廃合する店舗の支店長全員を呼んで、頭取から命令という形で伝えてもらいます」

「そこまで段取りがついているのか」

「何しろ問題が役所に絡むものですから、早め早めに手を打っておかないと」

「さすがだね。君は仕事が速い」

ほんの四〜五分の話で二人は意気投合した。バブルにゆがんだ銀行の立て直しどころか、お互いのあけぼの銀行での出世に、このリストラ計画を逆手に取ろうと共同戦線を結んだことになる。

塩田がライバルの木村に、一歩も二歩も差をつけたがっているのを大下は知っていた。それには注目の経営合理化策に上手に乗るのが得策と判断したのだ。

一方、大下もリストラ計画を実行することで、他の常務と差をつけ、さらに上のポストを狙おうという魂胆があった。両者の利害は完全に一致していた。

前年の山一証券の自主廃業の決定は、市場をバックにした海外の有力格付け機関による圧力のせいでもあった。さいわいタイミングよく発動された日銀の緊急融資によって、大規模な取付け騒ぎは発生しなかった。しかし景気回復のためには、動脈である金融システム安定の枠組み作りは政治、経済界にとっても急務だった。

浅草支店で不良債権処理や融資撤退を行った時期は、高倉にとっても、金融界そのものにとっても大揺れの時期であった。

現場にいる高倉らは我が国の金融界が激しく揺れ動いた中で、本部からの目標達成指示の順守、実行に追われていた。その忙しさの中でもあけぼの銀行浅草支店も、表面上は平穏に一九九八年を終え、新しい年を迎えることになった。

5

一月下旬のある日、取引先課の関口が顔色を変えて支店長室に現れた。

「どうしたんだ。そんなにあわてて」

「坂田が日本堤の大宮株式会社で、うちが上野支店に吸収されるという話を聞いてきたんです。いったいどういうことなんでしょうか」

高倉は一瞬驚いた表情を見せたが、すぐにも自分自身を納得させるかのように、はっきりした口調で答えた。

「上野支店に統合されるなんてことは絶対にないよ」

「私もそんなことはあり得ない、単なる誰かの嫌がらせだ、と言ったのですが……」

関口には支店閉店などあり得ないと断言したが、今朝秘書室からかかってきた電話のことが気になっていた。

「月曜日に頭取から話があるので本店に来るようにと言われているが、まさか……」

「話とはなんでしょうか」

関口も頭取が直々支店長に話をする機会などほとんどないと知っているせいか、不安そうな表情をした。

「本部に来ることは内密にしろと言われているので、ここだけの話にしてほしいんだが」

「私は聞かなかったことにします。しかし上野支店への吸収の話などではないですよね」

「そう思う。数年前にもそうした噂が出たようだが……」

高倉と関口の会話は月末間近の忙しさもあって、そのまま途絶えてしまった。しかし胸の内は不安が拡がっていった。


一九九九年二月一日は、高倉にとって一生忘れることのできない屈辱の一日であった。

午前八時四十分に本店秘書室に出向くと、上野支店の北村に出会った。

――北村さんも来ている。まさか本当に店の統廃合のことではないだろうな。

高倉は一瞬不安がよぎったが、北村の手前、当たり障りのない挨拶を交わした。

「しばらくです」

「いやあ」

北村の返事はあっさりしたものだった。いかに頭取の面接の前とはいえ、何かいつもの北村らしくなかった。

高倉はやはり店の統廃合のことかもと、不安を募らせるなか、秘書室長が二人を同時に頭取室へ呼び入れた。

「おはようございます」

高倉と北村は同時に田口頭取に挨拶した。

「やあ、おはよう。時間もないので、単刀直入に言おう。二人を呼んだのは、浅草支店を閉店して上野支店に統合してもらいたいということだ。取引の移管に際しては、預金を減らさないでほしい」

いやな役割を早く終えたいのだろう、田口はいきなり本題から入った。

「浅草をですか？」

高倉は一瞬頭の中が真っ白になった。

北村はなぜか平然として言った。

「全力を尽くします」

高倉は敗残兵のような惨《みじ》めな気持ちにおそわれた。

——老いた両親は、毎日観音様に息子の店の発展と安泰を祈って、お百度を踏んでいる。浅草小学校のクラスメイトを始め、商店街の人達もようやく応援をしてくれるようになった矢先だ。実家の近所の人達も取引を始めてくれたばかりなのに……。あまりにも情け知らずだ。

爆発しそうな怒りがこみ上げてきた。

「詳しいことは経営企画部の大下常務に聞いてくれ」

田口はそれだけ言うと、頭取室の入り口で待ちかねていた秘書室長を自室に招き入れ、次に統廃合する店の支店長を自室に入れるよう促したのを、高倉はただ啞然としてながめていた。

北村は茫然としている高倉に、頭取室を出るよう促した。

「まず経営企画部に寄って、大下さんの指示を仰ごう」

――地元出身の俺に最後のあと始末をやらせるなんて……。

高倉は怒りを必死に抑えながらも、噂話が現実だったことに愕然《がくぜん》とした。

――北村さんはこのことを知っていたようだ。本来撤退すべき店の支店長が先に知らされるべきなのに、受け入れ側の支店長が先に話を知っている。誰か本部役員が北村さんにリークしたんだ。

高倉は冷静でいられなくなっていた。

経営企画部では大下と宇野副部長が待っていた。

「お二人ともご苦労様。あけぼの銀行にとっては大事な仕事だ。これからリストラする店も続々と出るが、浅草支店は当行にとっては伝統ある代表店舗だ。それを閉店するには、本部としても相当の覚悟が必要だ」

高倉も北村と同時に相槌を打ったが、気持ちは撤退する側、受け入れる側ではまったく違うことを考えると、気が滅《めい》入っていた。

北村は勝ち誇ったように、大下の話を急がせた。

「それで、時期はいつですか」

「四月十九日月曜日と決めている」

大下は宇野副部長にスケジュール表を見せるよう指示した。

「常務、こうした店舗の統廃合は、決定する前に現場の支店長の意見を聞くものではないんですか」

高倉はスケジュール表には目もくれずに、たまっていたものを一挙にぶつけた。

「いちいち現場の支店長の意見などを聞いていたら、仕事が進まない。何しろ金融監督庁や金融再生委員会のお歴々には神経を遣いどおしだ。いまやMOF担も事実上廃止して、情報がタイミングよく入らなくてね」

「もっともです。常務」

北村は常務に迎合して、相槌を連発した。

「高倉君にはいろいろ思いがあるだろうが。浅草支店の立て直しを一生懸命やってくれたことは認める。しかしすでに一月十日に金融再生委員会や金融監督庁の内諾を得ている。もちろん他の店も含めての一括申請だがね」

「常務、そんな一方的なことってあるんですか。浅草支店についてのレポートを提出しましたが、お読みいただいてないんですか」

高倉は赴任後三ヵ月が経った時点で、浅草支店の現状と打開策をレポート用紙三枚にまとめて、営業推進本部長の塩田と経営企画部の大下に提出したことを改めて尋ねた。

そのレポートには、地場産業の現況と問題点、それに伴なう問題融資からの撤退とそれに対する本部からの指示、不良債権続出の中での融資課への債権管理専門のベテランの補充などを入れたものを稟議形式で上げたものである。しかし本部指示には強権を示す現行の機構では、支店から稟議形式で正式に上申した書類に関しては、責任を逃れるため回答を避け、受け取ることさえ拒むこともあった。問題を提示されてそれに対して積極的に対応する姿勢は、本部が支店の軍門に降《くだ》ることにもなり面子《メンツ》の上からも回答を出していなかったのである。

高倉にとって悔いが残るのは、レポートを提出した時に、なぜその解決を当事者達に強く求めなかったのかということだ。目先の仕事に追われすぎていたのだ。

高倉は撤退日まで決定しているとは予想だにしなかった。高倉にとって不可解だったのは、親しい進藤会長始め、他の役員達が、なぜ事前にそれとなく教えてくれなかったかということだった。

若いときに仕えたこともあり心服していた進藤への不信が、心の中で渦を巻き始めた。

「頼むよ、高倉君。浅草を、地元の人達を大切にすれば、必ず店は繁栄する」

進藤が高倉に言ったあの言葉は、いったい何だったのだろう。高倉はこのあけぼの銀行本部の中にいるすべての人達が信じられなくなった。

大下から渡されたスケジュールは、次の一枚のメモだけであった。

二月一日　上野・浅草支店内示
二月十九日　取締役会で正式議決金融監督庁・金融再生委員会・日銀申請
二月二十五日　関連部打ち合わせ
三月九日　関連部打ち合わせ上野・浅草支店長打ち合わせ役割分担・事務手順
三月九日〜十三日　主要先・関連先役員同道事前挨拶
三月十六日　行内発表
三月十七日　店内打ち合わせ
三月十八日　対外公表・公示
三月二十三日〜三十一日　移管折衝
四月一日〜十七日　移管手続き
四月十九日　実行

スケジュール表に目をやりながら大下は話を続けた。
「撤退するということは役席者にも二月二十五日までは内密にしてください。副支店長にもです。そして、できるだけ預金残高を落とさない形で、上野支店に移管するようにお願いします。営業推進本部長の塩田専務から、期末を控えて預金が減るのを極力避けるようにとのことですから。高倉さん、よいですね」

大下との打ち合わせが終わったあと、高倉は一刻も早く本部を離れて一人きりになりたかった。いったいなにが起こったのか、順を追って頭の中で整理をしたかった。

しかし、北村に近くの喫茶店に誘われ、仕方なくついてきた。

「なあ、高倉。うまくやろう」

同じ支店長の立場にありながら、受け入れ側の有利さも手伝っての先輩顔に、高倉は無性に腹が立った。

「それにしても本当に知らなかったのか、今日まで」

「まあ……。北村さんには事前に情報があったんですか」

「そんなところだ」

北村は年末年始の休みに塩田とゴルフに出かけ、その際に十二月の取締役会で浅草支店閉店が決定され、その受入店舗が上野支店になることを告げられていたという。

「だから言っただろう。塩田さんとはうまくつきあえと」

北村は勝ち誇ったように高倉をさとした。

「休日のたびにゴルフ場通いの運転手はごめんです」

「そんなことを言うなよ。我々サラリーマンは上を選べないんだ。上は下を選べるがね」

「そんなことはよく知っていますけれども、早稲田大学出身者だけを集めて派閥作りをし、自分の権力を拡大しようとする動きには同調できません」

「お前はそこが青いんだ」

「青くてもいい、いやなものはいやなんです」

北村や周りの人達が驚くほど、高倉は大きな声をだした。

「仕事だけはうまくやろうや」

一瞬険悪になりそうな気配だったが、北村は高倉をとりなそうとした。

高倉が意気消沈して帰店するやいなや、河野が優良先の社長の来店を告げに来た。

「支店長、顔色がわるいですよ。風邪ですか」

「いや、なんともない。すぐ行く」

高倉は支店撤退という頭取命令と、その決定を事前に北村が知っていたという現実の中で不安に苛《さいな》まれていた。閉店時刻の三時を待ちきれず、客との応対が終わるや、小野副支店長を自室に呼んだ。

「小野君、大変なことになったんだ」

「どうしたんですか」

「二月二十五日までは副支店長にも内密にと、箝口令《かんこうれい》を敷かれているんだが……」

突然支店長室に呼び出され、いきなり箝口令の話を持ち出されて、小野は何が起こったのかと不安な表情を見せった。

　高倉は自らの不安を断ち切るためにも、小野に一刻も早く支店撤退という事実を伝えたかた。

「なんですか、支店長」

「まず店のナンバー2である君に話をしなければならないと考えて、禁を破って話すが」

　小野は不安を募らせたのか、高倉の話を急がせた。

「どうしたんですか」

　高倉がよほど思い詰めた顔でもしているのか、小野は息を呑んで次の言葉を待っていた。

「浅草支店、この店をだよ、閉じるよう今日田口頭取から言われたんだ」

　小野は言葉の意味がすぐには理解できないかのような顔をした。

「本当ですか」

「本当の話だ。君にはこれまで以上に苦労をかけると思うが、ひとつ頼むよ」

「地元出身の支店長を起用して、店を立ち直させたら、今度は閉店だなんて。支店長、よく打ち明けてくれました。ありがとうございます」

「それにしてもひどい仕打ちだ。これでは生け贄だ」

「まったくその通りです。支店長、提案があります」

「なんだ」

「この件、他の副支店長とうちの店の要《かなめ》である関口、河野両課長にだけは打ち明けたほうがよいと思いますが」

「君もそう思うか。特に両課長の耳には、入れておかなくてはならないと思っていたのだ」

「むろんです」

「では早速呼ぼう」

副支店長と関口、河野をすぐさま呼び、統合の話を高倉の口から直に伝えた。

「いったい、いままでなんのために苦労してきたんだ」

関口がうなり声をあげた。河野は腕組みをしたまま口を真一文字に結んでしまった。表現の仕方は異なるが、いずれもどこに怒りをぶつけたらいいかわからない苦渋に満ちた表情だ。

「それでいつなんですか」

「四月十九日だ」

支店長はじめ幹部の苦悩とは無関係に、その日一日の業務は無事終了し、ほとんどの行員は帰っていた。

「支店長、関口さん、一杯行きますか」

河野が重苦しい雰囲気をうち払うように言葉を発したのを見て、高倉はふと我に返った。

「なんだか、あんな話のあとじゃ、気分がのらないなあ」

「だからお誘いするんですよ。寿美さんのところへ行きましょう。こんな夜は酒でも飲まなくては」

「まったくだ」

高倉は忘年会の二次会で、葉月に三十分ほど立ち寄ったことがある。しかし、こんな惨めな夜に寿美と顔を合わせたくなかった。

――彼らも驚き悩んでいるのだ。こんな時はやはり仲間と飲まなくては。

高倉は今日一日の屈辱を、酒で一挙に断ち切ろうと思い直して、自らも両課長に声をかけた。

「よし行こう。関口、河野」

三人が店を出る頃はすでに闇につつまれ、しかも時折り強い北風が吹き荒れていた。

「寒いなあ」

高倉が思わず口にした声は、突然の浅草支店閉店命令へのやり場のない叫びにも似ていた。

第四章　取引移管依頼書

1

通達翌日の朝、高倉は田口頭取の言葉が夢だったような錯覚にとらわれた。

「時間もないので、単刀直入に言おう。二人を呼んだのは、浅草支店を閉店して上野支店に統合してもらいたいということだ。取引の移管に際しては、預金を減らさないでほしい」

田口は一メートル五十五センチの小柄な身体を、大きく見せるためなのか大股で歩みより言った。高倉は、あの時ほど田口を憎く思ったことがなかった。

あけぼの銀行にとっては、初めての大がかりな撤退作業である浅草支店の閉店にあたって、せめて激励の言葉が欲しかった。

それどころか取引先を失わずに上野支店へ移管しろという命令には、現場にうとい天下り役員の体質そのものがでていた。

高倉にとって浅草支店長赴任は、故郷に錦を飾ったという思いが強かった。浅草の発展に少しでも役に立ちたいという気持ちと、幼なじみや親しい人達と再び交流がもてるという心の昂《たか》まりもあった。

そして何より、今も隅田川のほとりに住んでいる両親の温かい眼差しがあった。

高倉の実家は江戸中期より七代続いた材木問屋だった。しかし終戦後の物価統制令という法律で、商売が自由にできなくなったのを理由に、父の代で廃業し、サラリーマンに転向した。

金の比較的自由になる商家とは異なり、サラリーマン家庭の生活は経済的には厳しかったが、両親のおかげで兄弟二人はそろって早稲田大学を卒業した。

両親の苦労を思うと、親孝行のひとつもしてこられなかったのを高倉は後悔していた。

それが浅草支店長となり、年老いた両親の元気な顔をそれまでより頻繁に見られることが嬉しかった。何よりも地元で活躍することが両親が喜ぶことだと思い、毎日気持ちの張りを持って店に通っていた。

今朝は一時間四十分の通勤が限りなく遠く、重く感じられた。

「あなたが来れば大丈夫よ。私もあなたの健康とお店の発展を祈って、毎日観音様にお詣りに行くから」

赴任を心から喜んでくれた母親に、支店閉店をどう報告したらよいか、支店長赴任の際に激励会を開いてくれた幼なじみに、なんと説明したら納得してもらえるか、心は乱れに乱れたままなす術《すべ》もなく、通勤電車の中でただ車窓をぼんやりと眺めているだけであった。

これまでの銀行員生活でも、いろいろなことがあった。取引先とのトラブル、部下の交通事故など、どんなピンチがあっても毅然《きぜん》とした態度で切りぬけてきたはずだった。

田園都市線・溝の口《みぞのくち》駅を過ぎる頃、突然高倉は下腹に痛みを覚え、便意を催《もよお》してきた。

——次の停車駅まで、まだ間がある。

高倉は二子玉川園《ふたこたまがわえん》駅のホームに電車が停車すると、すぐさまトイレにかけこんだ。

——今までこんなことはなかったのに。

通勤途中の腹痛は、その後二〜三日おきに発生した。

2

関口と河野のまなざしには心なしか厳しいものがあった。二人とも昨夜の会話が頭の片隅から離れなかったのだろう。

「支店撤退という大仕事、いったい支店長はどう舵取《かじと》りをするつもりなんですか」

と心配顔で尋ねた河野。

「デビットカードを中心に取引を開始してくれようとした商店街や地元の人達に、どう説明したらよいのだろう」

と頭を抱えた関口。二人とも高倉の心情を察してくれているだけに、一層緊張感を漂わせていた。

高倉は朝礼終了後、小野と関口、河野を呼び寄せた。内部担当の副支店長や外為担当の宮下課長も呼び寄せて緊急会議を開きたかったが、ここは内密にことを運ぶため、他の役席達には声をかけなかった。一般行員や一部の役席者に支店閉店という厳しい現実を知らせる前に、まず店としての態勢を固めたかった。

「さて、この撤退作業をどうするかだが、本部も私もノウハウを持ち合わせていない。あるのは経営企画部の副部長からもらった、お粗末な一枚のスケジュール表だけだ」

高倉はいきなり本筋に入った。

「三人にお願いしたいのは、公表までの情報もれを防ぐことと、綿密な撤退作戦のスケジュールを立てることだ。もちろん本部各部の協力を仰ぎ、支援を求めるが、彼らにとっても初めての経験で、多くは期待できない。取引先の移管依頼書の事務処理ひとつにしても、お互いによく連絡して協力し合ってほしい」

高倉は取引移管について顧客の同意を得ることが、最も大切な撤退の仕事と考えていた。

しかしこのところ大手都銀などの統廃合に伴う作業は、融資先はともかく、預金先に対しては「お取り引きについてのお願い」という案内状を出すだけにとどめ、挨拶回りをするところは少ないと聞いていた。

銀行と顧客との取引契約は、どこの店と取引をしても約定自体は変わりがない。したがって、改めて取引移管依頼書や同意書を顧客からもらう必要はないという考えもあり、現にそうした措置をしている銀行もある。

だが銀行店舗の開店や閉店が金融監督庁の許認可事項に入っている以上、支店という取引店舗そのものの存在は大切であるはずだ。あけぼの銀行では負担にはなるが、事務面の手続きとして取引移管依頼書を顧客から求めることを指導していた。

高倉も本部のこの考えに賛同していた。

張りつめた雰囲気の中で話し合いが進められた。

「大切なのは顧客とのトラブルを避けることだ。お客様によっては本部に怒鳴り込むかもしれないが、我々の店でトラブルは防ぎたい。それに……」

高倉は一瞬ためらった。

「どうされたんですか、支店長」

小野が高倉の話を促した。

「大変勝手な言い分だと思うが、営業推進本部からも経営企画部からも、三月の期末を控えてなるべく預金を減らさないで目標通り達成してくれと言ってきているんだ」

「無茶ですよ。銀行の勝手都合で店を閉じるんですから」

預金増強の要ともいえる関口が、異議を唱えた。

「融資課としても立つ鳥あとをにごさずの諺《ことわざ》の通り、僚店にたとえ移管されても、当面不都合がないように融資の面倒を見るべきだと思います」

いつもクールな河野も、早々に支店長に進言した。

「私も昨日は経営企画部長に注文をつけたんだ。取引先を一件も失わないで僚店、特に上野支店に移管せよ、しかも預金を減らすなとは無理ですよと。銀行の都合で店を統合するのだから。当然お客様の中には不満を感じて取引を解消する先もでてきますよ。優良先こそ真っ先に他行に乗り換えるでしょう。他行に移り代えられない融資先は、そのままついてくるでしょうし、と」

高倉は本部との厳しい対話を思い出して、一気に皆に話した。

「支店長、まったくその通りです。ここは我々もはっきりした方針を出さないと、実際に動く部下がかわいそうです」

河野は早くも融資先とのトラブルを予想したのか、高倉に明確な方針を求めた。

「とにかくトラブル回避が第一だ。お客様の意見を尊重して、預金のことは目をつぶって期末の目標にとらわれずにやろう」

「そうしてください。そのほうが動きやすいです」

関口はほっとした表情をして、高倉を見た。

「それでは小野君を中心として役員を同行する主要先、関連機関の事前挨拶のスケジュールを作ってくれ。両課長は極秘に取引先のリストアップをしてくれ」

「三月九日から十三日までの五日間でよいですね、役員の訪問は」

「スケジュールではそうだが、こちらの思うように本部の人達、特に役員は動かないかもしれない。でも、とりあえず計画通りの日程でリストだけは作ってくれ」

高倉はこれまでも優良取引先への表敬訪問などで、本部役員と同道したことが数回あった。しかし訪問すべき相手の社長とのスケジュールの調整や実際の面接時の対話について、随分間に入って苦労をした。特に大蔵省や日銀等からの天下り役員の場合、話題がどうしても自分の前職時代の自慢話やゴルフの話に終始し、多忙なオーナー社長から後日苦情があったことを思い出していた。

「さて次に大事なことは、閉店の想定問答集を作っておくことだね」

高倉は小野に問いかけた。

「そうですね。支店長と両課長、私の四人だけでは全取引先を回れません。やはり担当者と役席者とがペアで行くケースもでてきますね」

「だから四人で知恵を出し合って想定問答集を作ろう」

人情に脆《もろ》く、いい時はすごくいい反面、いったん関係が悪くなると徹底的に評価を落とすという下町気質を、高倉はよく知っているので、閉店についての銀行側の説明次第では大きなトラブルが発生しかねない懸念を示した。両課長にもそれぞれの立場で三十問ほどの若手行員用の想定問答集を作ることを頼んだ。

「それではしっかりと頼むぞ」

高倉は三人を激励して席を立ち上がった。高倉にとっても他の三人にとっても、まったく未経験の撤退作戦が開始されることになった。

3

高倉はその日の帰り、久しぶりに両親を訪ねた。しかし、あいにく父親は仲のよい友人と旅行中だった。

「久しぶりね。元気?」

「ええ、まあ」

「なんだか元気がないみたい。風邪でもひいたの」

「いいえ、大丈夫です」

久しぶりの母親との会話で、前日からの緊張感もいつしかほぐれ、ついつい高倉は本音を吐露《とろ》し始めた。長年住みなれた実家、そこは随所に幼いころの思い出が刻まれていた。高倉が兄とともに学んだ机も昔のままだ。高倉はネクタイをゆるめながら、母親に打ち明け始めた。

「お袋、銀行を辞めようと思っているんだ」

息子の突然の退社の申し出に母親は一瞬驚いた表情を見せたが、すぐさまいつもの柔和なやさしい笑顔を見せた。そんな母親のやさしさに触れて、感極まって母親の前で両手を突いて謝った。

「いったいどうしたの、あなた」

「親父にもお袋にも大変申し訳ないことをした。ごめんなさい。今日はお詫びに来たんだ」

「なに言っているのよ。なんだか知らないけど親子の間柄でお詫びなんて水くさい。いったいなにがあったの」

「まだ内々の話なので、他には洩らしてもらっては困るんだが。四月十九日を期して浅草支店を廃止し、上野支店へ移すんだ。つまり店を閉じるということ。支店長も首さ」

「ええ？　あの大きな浅草支店を」

「昨日頭取から言い渡された」

「びっくりしたわ。またどうしてなの。お前があんなに一生懸命商店街に働きかけてたのに。店は立ち直ったんでしょう」

「不良債権問題は処理し、地元商店街との取引も本格化しようとした矢先なんだ。現場の支店長の意見もまったく聞かないで」

「そうなの。私も随分あちこちの知り合いに、あけぼの銀行を頼みますとお願いしてたのに。時折り行く尾張屋の奥さん、お前のことをほめてたよ」

「そうですか。尾張屋さんはじめ、皆さん応援してくれていたんですね」

「残念ね。でも銀行を辞めるなんて無茶よ」

「今すぐは辞めませんよ。お袋だから本音を言いますが、あけぼの銀行は腐りきってます。上層部は天下りが支配、それにごますり連中がすり寄って役員になっているんです」

「そうなの……」

銀行内部のことはよく事情がわからないながらも、母親は高倉が苦しんでいるのは理解しようとしてくれたようだ。

「撤退作業が一段落したら、銀行を辞めようと思います。親父やお袋やふるさとに大変迷惑をかけたから」

「私達のことはいいのよ。皆さんも今の時代の事情をきっとわかってくれるわ。だから早まって辞めないでね」

「私が我慢ならないのは、一方的にリストラの名の下で平然と閉店するあの無神経なやつらです。浅草支店を撤退するつもりだったのなら、なぜ地元出身の支店長を起用したんですかね。誰でも代わりはいるのに、あえて地元出身でなくてもいいじゃないですか。当初からはめられていた感じが強いんです」

「私は銀行の事情はよくわからないけれども、もっと前向きに考えないとあなたらしくないわ」

「うちのやつに言われました。弱気はあなたらしくないって。しかし今回の件はいったい何のために、あけぼの銀行に入ったのか深く考えさせられました。その上での決心です」

「わかったわ。あなたは昔から表面は優しいのに、一度こうと決めたらあとには退《ひ》かない子だったから。私はあなたを信じていますから、あなたの好きなようにやったらいいわ。でも家族の生活のことは考えてね」

「ええ……。これですっきりした。あとは撤退の仕事をきちんとやり遂げるのみだ」

「身体だけは気をつけてね」

高倉は久しぶりに会った母親に勇気づけられ、さらに自分の決意にも同意してもらったので、いくぶん心のもやもやが晴れてきた。

今回の件は父親にも母親同席の上で説明したかったが、あいにく一週間ほど留守であった。それが高倉にとっては心残りだった。しかし母親が「父さんもあなたの意見には賛成よ。昔からあなたのことを信じてきたから」という言葉に正直ほっとした。

——ふるさと撤退か。それにしても今年の冬は寒くて長い。

高倉はコートの襟《えり》を立てながら、実家をあとにした。その夜は寒気に覆われたのか、大都会にしては珍しく澄んだ空気を漂わせていた。

「支店長、まだ大下常務がお見えになりませんが、いったいどうしたのでしょう」

4

三月十六日、朝礼に経営企画部長の大下が出席し、浅草支店の閉店、上野支店への統合を行内発表する日だ。

定刻八時四十分を過ぎても、大下の車は到着していない。副支店長の小野は、先ほどから店の玄関に立っている。

閉店のニュースは、副支店長、両課長には期日まで内密にという指示を高倉は出していた。だから高倉は本部の指示通り、大下の朝礼での通達まで発表を控えるしかなかった。

九時十分前、大下を乗せた車が、ようやく浅草支店の駐車場にすべり込んできた。大下の自宅は千駄木《せんだぎ》で、車なら二十分の距離だ。待ちぼうけをくらった小野は、朝礼が八時四十分から始まるのに大下はなぜもっと早く出社できないのか、支店の者は全員八時には出社しているのに、と憮然とした。だが大事な朝礼の時間が少なくなるので、大下をせき立てるように営業場に向かわせた。

「常務、お待ちしてました。お急ぎください。あまり朝礼の時間がありませんので」

小野に促されて行員の集まっている営業場に入ってきた大下は、高倉との挨拶もそこそこに、やや緊張気味で浅草支店閉店の経緯を手短かに、またリストラの代表店舗として掲げた旨を話した。

「甚《はなは》だ残念ですが、公的資金投入のための経営合理化策の一環として当浅草支店を閉店し、来たる四月十九日を期して上野支店に統合することにしました。当行全体で当局に提出した統廃合店舗は三十四店です。この浅草支店は当行にとって、最も格式のある伝統ある店舗ですが、やはり採算性の悪い店舗として、この際店を閉じることにしました。お客様にご迷惑をかけることになりますが、あくまでも辞を低くしてトラブルのないように僚店、特に上野支店に移管していただくようお願いします。また皆さまのうち何人かは、上野支店にそのまま異動していただき、当店の取引先のお世話をしてもらうつもりです」

行員の中には突然の支店閉店の発表に驚いた者もいたが、大半は取引先への役員同道の事前挨拶のため、ふだんは見馴れない本部役員が頻繁に出入りしているので、なにか異常事態が発生しているのだということをうすうす感じていたようだ。そのため皆冷静に大下の話を聞いていたが、こんな大事な話をするのに平然と遅れてきた大下に、不信をもった者も多かったようだ。

こうして浅草支店の閉店は店内にも公表され、いよいよ取引先へ取引移管依頼書を持って頼み歩く作業が始まることとなった。

5

十日ほど前に、小野をチーフにして関口、河野の三人が中心となって、取引先への閉店挨拶と取引移管のお願いのリストアップ作りをするよう、高倉は指示をしていた。

浅草支店は伝統的にオーバーローンの融資店舗なので、どうしても融資先が挨拶の主体になったが、高倉の赴任以来、関口を中心に開拓してきた商店街や地元の人達の存在を無視できない。そこで支店長を中心として本部役員の挨拶先のリストアップ作成は、小野が行うよう命令した。その中には地元の関係機関である区役所、税務署などの諸官庁や優良先が入っていた。

次に融資先のリストアップについては、融資課長に一任したが、河野はこの撤退作戦の前線で戦う担当者が動きやすいように、三上と秘かに協議していたようだ。

「約七百件ある融資先をどう振り分けるんだ」

「ひとつ私に案があるんです」

「どんな案だ」

「昨年夏に作成した取引先の企業格付け分類表、あれをこの撤退作戦に使うんです」

「というと、具体的には」

「あの企業格付け分類表は、信用格付け、取引協力格付け、金利格付けの三つの大きな区分けをし、その統合で五段階に分けています」

「君の案をそのまま支店長も採用したのだったね」

「作業はどのくらい進んでいるのですか。私のところは全部終わっていますが」

「相変わらず仕事がはやいな。課全体ではおおよそ九割がたは終わっているはずだ」

「そうですか、よかった。それをこの両日中に完成させて、ランク付けによって精力的に取引先を回りましょう」

「すると君の考えは、なるべく上位のところは僚店の上野に引き継ごうということだね」

「そうです。それに移管後も取引先に融資の不安を与えないよう、課長は上野支店へ行くのでしょう？」

「いや、まだその話は聞いていない」

　三上から上野支店への取引先移管後の人事の話を持ち出されると、河野も返答に窮した。銀行員たるもの他のサラリーマン社会と同様、人事異動が最大の関心事だ。河野とて三上同様、支店撤退後の人事異動に無関心ではいられない。しかし今は努めて当面の仕事の処理を優先に考えて、そのことにはなるべく触れたくなかった。

「しかし取引先の立場からすると、取引店舗は代わるうえに担当者や役席者も別の人間では、この移管交渉うまくいきませんよ」

「それもそうだ。トラブル防止にはしばらくの間、融資課の連中が一緒にお供することがポイントになる」

「ええ、本来リストラが目的の統廃合ですから、融資課の半分が別れ別れになりますよ」

「流れはそうなるだろうが、とりあえず我々の仕事としては、トラブルを避け、上野支店への取引移管をスムーズにすることだ」

人事異動に関しては二人とも大いに関心を抱いていたが、二人で解決できる問題でもないので、再び挨拶回りのリストアップ作りに話は戻った。

「それではあの格付け表をもとに挨拶回り先をリストアップします」

「そうしてくれ。原案ができたら早速支店長に報告しよう。正直言って移管に応じてほしいのは、Aランク先からCランク先までだが、実際はD、Eランクは資金調達が当面不可欠な先なので、黙っててもついてくると思う」

「そうですね。上野支店のやつはなんて言うか」

「いろいろ言ってくるだろうが、まあ我慢だ」

河野と三上との間で融資先に対する挨拶回りの方針とリスト作りが決まった。一方取引先課の関口は、店舗周辺の取引先に対しては、軒並み役席者と担当者とがペアで訪問することとし、遠方の取引先は郵便で取引についての挨拶を支店長名で出すことにした。

「それにしても地元商店街への挨拶は憂鬱《ゆううつ》だ。何しろおかみさん会にしろ、のれん会にしろ、会員さんが取引を始めてくれたばかりだ。こんなことなら商店街へデビットカード提携の話など持っていかなければよかった」

関口が一人文句を言っていると、高倉が取引先課に入ってくるのが見えた。

「関口課長、地元商店街や店舗周辺取引先へのリストアップは念を入れて作ってくれ」

高倉に言われるまでもなく、関口は自分達の担当している取引先のリストアップ作りを入念に行っていたので、高倉の指示にはいささか反発を覚えた。

関口はこのリストアップ作りが、新規開拓など前向きの仕事なら気持ちよくできるのに、と内心不満と苛立ちを抱いていた。

「私情をはさむようだが、浅草は私のふるさとだ。これからも堂々とこの街を歩きたいからね」

「公表されたら十和田の女将さんはじめ地元の人達は、我々が裏切ったと怒りますよ」

「覚悟はしている。だから……」

「だから、なんですか」

「いや、なんでもない」

両課長と小野のそれぞれが作成したリストアップ先を再調整して、ようやく取引先訪問の態勢はできた。

6

三月中旬を過ぎても三寒四温どころか、寒い北風が吹き荒れる日が続いた。毎年節分やひな祭には、若手行員は浅草情緒を堪能しようと観音様や浅草神社へ参拝に出掛けていた。しかし誰一人として参拝に行こうと言い出す者はいなかった。

店内には店が立ち直ってきたのに、リストラ店舗の代表なんて生け贄のようだという悔しさ、やるせなさ、そしてその怒りを誰にもぶつけられない無念さが漂っているのを、河野は肌で感じていた。

高倉、関口、河野をそれぞれチーフにして取引先への挨拶回りを始めた日は東京を寒波がおそい、時折り雪が舞う寒い朝だった。

「おい、風邪をひかないように厚着をして行けよ」

河野は自ら背広の上にジャンパーを引っかけ、新人類行員といわれる野口を連れて店を出発した。

浅草支店をリストラ計画の一環として閉店し、その業務を上野支店に統合することになった趣旨を河野は取引先に丁寧に説明した。

「店を閉じるって？　すると約束手形や小切手の支払場所の表示も変わるんですね」

「はい。浅草支店から上野支店へ」

「なんでうちの本店の所在地が浅草なのに、上野支店を使わなければならないんだ。相手によっては地元の浅草にある金融機関と取引ができず、上野地区まで足をのばして借入れをしているのかと誤解される。うちは移管はいやだね」

「今回は銀行の都合でご迷惑をおかけして、誠に申し訳ありません。そこのところ伏してお願いします」

「お願いしますと言われても。うちにとっても信用上大きな問題だ。とりあえず考えておく。今日はもう帰ってくれないか」

河野達が真っ先に訪問した須藤株式会社は、浅草支店にとっては優良先のメーカーである。ここ二～三年、不況にもかかわらず業績も急ピッチで伸びており、なんとしても僚店に引き継ぎたい、信用格付けも高く取引協力度もいい、Aランク先である。

「厳しいですね」

野口は優良先の対応にたじろいだ。

「相手さんの言い分はもっともだ。ビッグバン時代は大競争時代だ。金融界だけでなくどこの業界も厳しい。取引先の信用を失うことが一番こわいんだよ」

「そうですね。それにしても寒いですね。今晩は大雪になるそうですよ、予報では」

「そうか……。本当に寒いな」

「課長、風邪をひいているんではないんですか。顔色が悪いですよ」

「大丈夫だ。次に行こう。今日は五十件は回りたい」

「私のところは課長と一緒でないと、取引先の同意は得られません」

「閉店話といい、貸し渋りや融資の全面撤退の話といい、入行三年目の君には少し辛い仕事だが、がんばってくれ」


一方、関口は昨年四月から新たに取引先課に加わった、地元商店街担当の加藤道子を伴って挨拶回りを始めていた。

「ミッちゃん、今日は厳しいぞ。覚悟してくれ」

「私は大丈夫。いざとなったら関口さんの大きな身体の陰に隠れるわ」

「そうか、そうしてくれ」

関口は、髪を後ろに束ねた緊張気味の道子をちらりと見て店をあとにした。

「このたびは大変申し訳ないのですが、浅草支店を閉店させていただくことになりました。ついてはお取引を引き続き上野支店でお願い致したく参りました」

「なんだって、関口さん。ぜひ取引をと拝み倒さんばかりに頼んできたので、開始したばかりではないか」

「誠に申し訳ありません」

関口は身を縮めながら、ひたすら謝り続けた。

「高倉支店長はどうしたんだ。地元出身の支店長だから信頼してたのに。あの浅草有情は嘘っぱちだったのか。故郷に恩返しするどころか、まったく頼りにならない人だ」

「そうおっしゃられても、返す言葉がありません」

「すいません」

関口と道子が同時に頭を下げて謝った。

「加藤さんが連日顔を出すので、熱心さに負けて取引先を三〜四件紹介したばかりだ」

「すいません。皆さんにお取引をいただきまして、本当にありがとうございました」

道子は関口の大きな身体の陰に隠れるようにしながら、声だけは大きくお詫びの言葉を発した。

「最近の銀行は信用できん。貸し渋りと融資撤退のあとは、リストラのため店を閉じるだと。いつも自分本位の考えだ。我々中小企業はどうなってもいいと考えているんだろう。まったく頭に来る」

「お怒りはごもっともですが、よろしくお願いします」

あまりの剣幕に、さすがの関口も手渡すべき取引依頼書を置かずに、店を追い出されるように出た。

「ああ、こわかった」

「大丈夫か、ミッちゃん」

「それにしても支店長が気の毒。商店街のために課長と一緒にあんなに手を尽くしたのに」

「まったく頼りにならないなんて言葉、支店長の耳には入れたくない。それでなくても落ち込んでいるのに」

「本部はなぜ浅草をリストラの対象にしたの。女子行員の多くはわからないと言っているわ」

「俺もなぜリストラの対象が浅草なのかわからない。しかし支店長の心情を思うと、理由はまともに聞けない。本部の連中は我々の撤退作戦を高見の見物さ」

「私達女子行員も、みんな別れ別れになるんでしょう？」

「四月十九日を期してだ」

「辛いわ。わたし……」

急に感情が高ぶったのか、道子は目を真っ赤にはらした。

「どうした急に。支店長は人事の割り振りでも頭を痛めている。できるだけ行員をそれぞれの自宅に近い所へ転勤させようと、人事部と交渉している」

「関口さんはどこへ」

「河野と俺はしばらく上野支店に残り、浅草のお客様を守るという仕事がある」

「みんな散り散りばらばらね」

「さあ、次へ回ろう。午前中に二十件は回るぞ」

「行きましょう」

新仲見世通りはまだ人通りも少ない。二人は足早に次の取引先へと急いだ。


その日の夕刻、六時近く。挨拶回りを終えた行員達が次から次へと帰ってきた。

折り悪く吹雪いてきたせいもあり、みな顔やほおを赤くさせていた。

「ごくろうさま」

「お疲れさま」

内部事務をほぼ終えた女子行員達が声をかけた。

「おお、寒い」

みんなが一様に口にしたが、この寒さは体に感じたものだけではなかったろう。取引先の反応が思った以上に厳しかったため、気持ちまで寒さを感じたのだ。

それまで内部で指導していた小野は、外を回ってきた全員を会議室に集め、報告を求めた。

高倉も同席した。

まず三上が口火をきった。

「残念であるが、公的資金を注入する以上リストラは当然だ。だけどなぜ浅草なのか、理解できないという客もありました。しかし大半は、従来通り融資を引き受けてくれるならば移管は了解する。それと融資課長や担当者は替わらないでほしいというものです」

引き続いて比較的遠方の取引先を回っている取引先課の者が発言した。

「距離的に不便なので、今まで通り集金に来てくれればという先もありました。またうちは移らない、この際融資は他行に肩代わりしてもらうという客も数件あります」

小野は各人の報告を手際よくメモに取りながら、他の者からの報告を促した。河野と同道した野口が次に報告した。

「支払場所を浅草支店から上野支店に代えるのは、同じあけぼのの銀行でも困る。何しろ同じ下町でも浅草と上野では長年のライバルだ。観音様のお膝元で、こんなことをやるなんて許せない。そのうちばちが当たるという厳しいものもありました」

そのあとに河野が発言した。

「取引先の歴史を示す口座番号についての注文がありました。浅草支店では若い番号なのに、上野支店ではどうなるのか。新しい口座番号になると振込やその他の事務面でも、書き替えが面倒だというものです」

会議中何度も咳き込む河野に代わって野口がさらに発言した。

「とにかく上野では不便、行員の人も面識がなく行きにくいというのもありました」

「ところで関口君の所は？　今日は地元を回ったはずだが」

小野は関口の反応をうかがった。

「それが予想より厳しかったです。何しろ商店街をはじめ、ようやく取引を開始したところが多かったもので」

「それで?」

「商店街の人の中には、支店長を頼りにならないと言う人もいました」

関口は言ってはいけないことを口にしてしまったというような、しまったという顔をした。

「頼りにならないか」

高倉は関口の言葉を聞いて思わず苦笑した。しかし地元の人達にとっては地元出身の支店長が赴任して、地元の発展に尽くすと宣言しながら、一年ちょっとにして店を閉じるという行為に、怒るのももっともな発言だと思った。

全員が代わる代わる報告をしたが、いずれも閉店について理解を示した先は少なかった。

進行役の小野は取りまとめたメモを手にして支店長に問いかけた。

「支店長、お客様の注文に対する対処法を考えませんと」

「まずコンピューターの関係では、口座番号をそのままにするということは無理だと思う。融資課員の異動や集金の問題などは前向きに対応しよう。それに取引移管に強硬に反対した先はリストアップしてくれ。私を中心に再度訪問して説得する機会を作ろう。ところで河野君、顔が赤いぞ」

会議中咳き込んでいた河野の身を案じて高倉は声をかけた。

「大丈夫です。ちょっと風邪気味なもんで、熱が少し……」

「熱があるのか。すぐ帰ったほうがいい。今年の風邪はたちが悪いから」

「でもまだ仕事が」

「仕事はいい。あとはみんなでやる。それよりもはやく風邪を治してくれ。頼りにしているんだから」

河野は会議の終了を見届けると、申し訳なさそうに家路を急いだ。

7

取引移管依頼書の手渡し作業を含めた閉店の挨拶は、一週間にわたって行われる予定だった。

「支店長、河野さんの奥さんからお電話です」

高倉はいやな予感がしたが、それでも元気な声で出た。

「おはようございます。高倉です」

「高倉支店長さんですか。いつも河野がお世話になりまして」

「こちらこそ、いつも助けてもらっています」

「じつは河野が昨夜から三十九度の熱を出しておりまして」

「昨日の会議の時も大変辛そうでしたので、心配していたんですが」

「でも大事なときだから、どうしても出勤すると言っています。足下がふらついているのに」

「医者にはやく診《み》せて、今日は十分休養してくださいとお伝えください」

「本当にすいません。本人はどうしても浅草支店のため、高倉支店長のために出社すると言いはっていますが。あの熱ではとても出勤できる状態ではないようなので」

「店のことは心配しないように伝えてください」

「よろしくお願いします」

「河野課長、風邪で倒れる」の報は、店内の暗いムードをさらに重くした。それだけ河野の存在は関口とともに、浅草支店では大きかった。

「三上君。河野君が挨拶に回るはずだった取引先の分だが、午前は私が回り、午後は店の留守を他の副支店長に任せて、小野君が回る。予定通りだ」

「でも支店長には他の取引先を回る予定が」

「私の分は時間を切りつめて、午後から一気に一日分回ってしまおうと思っている」

「支店長、そんなに無理しては……」

「大丈夫だ。河野君も気が気じゃないだろうが」

「責任感の強い人ですから。早く治るといいのですが」

　高倉は支店長としての責任で、小野と分担して河野の回る予定先を全部回る覚悟を決めた。

　高倉は、その日は自分の担当分と河野が回る予定先を、小野と二人ですべてこなした。肉体的には疲れたが、気力だけは充実していた。

　幸いにして河野は、二日休んだだけで翌々日には出勤してきた。顔色はすぐれず、身体がいかにもだるそうだったが、やる気だけは十分くみとれた。

「本当に大切な時に休んでしまって。支店長を始め、みんなに迷惑をかけてしまいました。この分はなんとしても取り戻しますよ」

　河野が二日で職場に復帰したので、店内がすこし明るくなった。

　三日前から続いた雪もおさまり、気温は一気に上昇、春らしくなってきた。

　高倉は河野の回復と、ようやく春の訪れを身に感じることができる喜びを噛みしめた。

8

　閉店の作業を高倉達が全員で必死に行っている最中にも、金融界は大きな変動を見せていた。

　三月八日、金融再生委員会は公的資金による資本注入を申請していた富士銀行など、大手十四行と地方銀行の横浜銀行の計十五行に対して、その頭取ら経営トップと面談した。その結果、一九九九年三月期に十五行で計九兆三千百九十九億円の不良債権を処理することなどを盛り込んだ経営健全化計画をおおむね了承した。

　これにより総額七兆四千五百九十二億円の資本注入は事実上承認され、再生委員会は三月十二日に正式決定を下した。

　あけぼの銀行もこの大手十五行のひとつに入っており、その経営健全化計画の概要は新聞にも公表された。いよいよあけぼの銀行も金融監督庁などの厳しい監視下に入るのだ、ということを河野は感じていた。

　取引先への挨拶回りをほぼ終え、ほっとひと息入れた二十六日の夜、河野は関口、三上を誘って久しぶりに和食処葉月を訪れた。

「いらっしゃいませ。まあ、お三方とも久しぶりですね。さあ、どうぞ」

　女将代わりの寿美は、三人を快く迎えた。

「奥の部屋、あいてる？」

　部屋に入ると、まず関口は河野の体調について尋ねた。

「もう風邪は大丈夫か」

「ずいぶん迷惑をかけました。まあ、なんとか」

「俺なんか頭脳派の河野や三上と違い、完全な体育会系だからなあ、体だけは丈夫だ。それしか取りえがないが」

「そんなことはありませんよ。高倉支店長も関口さんのエネルギーにはかなわないと舌を巻いていました。我々以上に挨拶回りをこなしているって」

三上は関口を頼もしげに見上げた。関口の精力的な活動は支店では注目の的で、その元気旺盛な姿はとかく沈みがちな店の雰囲気を活気あるものにしていた。

「そうおだてるな。今日は三人で久しぶりに楽しくいこうぜ」

「いきましょう。乾杯だ」

「乾杯。お疲れさま」

春の彼岸をはさんでの三連休は、河野を含め三人とも役席者であるため休日出勤した。閉店の作業は取引先への挨拶回りの他、書類の整理などいろいろあった。

葉月で久しぶりに杯を重ねている三人にとっては、明日の二十七日の土曜日は待望の休日であった。

「ところで関口さん、先週はお袋さんの三回忌の法事で高知に帰るはずだったんでしょう」

「高倉さんは帰ってお袋の法事に出席してこいとおっしゃってくれたが、ちょうど顧客との交渉にトラブルがあってね。土曜、日曜と連日訪問して、なんとか取引解消までに至らずにすんだ。なにしろうちでは上位の純預金先だからね」

「大変でしたね」

「なあに」

河野は、撤退作業が始まる前は、預金貸金それぞれの統括責任者ということもあって、人員の確保などをめぐって関口と対立したこともあった。

しかし閉店作業という、経験したことのない共通の目標の前に、いつしか気心が知れる仲となった。

こうしたことを喜んでいるのは、高倉であり、河野の部下の三上であった。

「おまちどおさま」

遠目には色無地に見えるのに、近づいて見ると細かい模様がびっしりと染められている江戸小紋の着物をきちんと着こなしている寿美を見て、河野は驚いた。

「先ほどは気がつかなかったけれど、寿美さんの和服姿はきれいだ」

「まあ、河野さんがお世辞を言うなんて」

寿美はいつもクールな河野の言葉にとまどっているようだった。

「珍しいこともあるもんだ。でも確かに今晩の寿美さんは美しい」

関口も河野と同様、寿美の和服姿に見とれていた。

「冗談ばっかりおっしゃって」

寿美は関口の方をちょっといたずらっぽくにらみながら、自分の和服姿がほめられたので気をよくして、いそいそと帳場の方へ戻っていった。

「関口さん、今回の公的資金注入に伴う大手十五行の経営健全化計画のリストラ策を見ましたか」

「だいたい見たが」

「関口課長はいつもおおらかというか、呑気《のんき》だからうらやましい」

三上が口を挟んだが、河野はさらに話を進めた。

「今回の公的資金注入によって、資本注入の大手十五行の経営健全化計画を見ると、すごいリストラだ。銀行再生、金融システムの安定のために十五行全体で役員百七十一名、行員二万人、そして国内店舗は三百三十四店、海外店舗は百二十三店も減らされる」

「店舗数だけ見ると四百五十七店か。いよいよ今度こそ銀行界も本気だなあ」

「俺たちと同じ撤退、閉店の作業をやらされる銀行員は、一店舗平均三十名とすると、およそ一万四千人だ」

「本当に酷な仕事だ」

関口が相槌を打った。

「前向きの仕事は、それ行け、それ行けと比較的誰でもやれるが」

「この仕事は負の仕事だが、うまくいって当たり前だ」

「さすが苦労した先輩、よくわかっている」

そばから、三上が口をはさんだ。

「そこでですが、関口さん」

「なんだ、河野、少し酔いが回ったか」

河野はふだん二年先輩の関口に対して、その職位で呼びかけるのが、今宵《こよい》は酔いのせいか、さん付けに変わっていた。

「問題はリストラのあとですよ。支店長の話ですと、しばらくの間、関口さんと私は、浅草支店から移管される取引先の面倒を見るために、上野支店に配属されると言ってましたが」

「俺もそう聞いている」

「問題はそのあとですよ。今回の仕事、いわば負の仕事をいったいだれが評価するんですかね」

銀行の支店の業績面に関する評価は、期初に本部から予め与えられた各種の目標を達成した度合いによってなされる。しかし、支店閉店となると、これらの目標達成は根底から崩れることになる。

しかも、本部では、たとえ支店撤退の作業中でも期初に指示した目標は必達という方針を堅持《けんじ》していた。リストラ店舗でも、その目標は例外ではないという厳しいものだ。

「こんな状況では期初の目標まで到底いかない」

「そんなこと当たり前だ。高倉さんも数字にとらわれるなと言っている」

「しかし、関口さん。支店長が評価してくれても、本部、特に営推本部長の塩田専務があくまでも目標は目標、リストラ店舗もその例外でないと言っている」

「あの人らしい」

「すると我々の夏のボーナスはツウランク引き下げですかね」

「なんとも言えないが。そう目先のことにこだわるな。支店長のことだ、何とか手を打ってくれるさ。さあ、今夜はあまり先のことを考えずに飲もう」

「寿美さん、ビールを二本追加、それに肝を六本頼む」

「はーい」

帳場から寿美の若やいだ声が返ってきた。

「お待たせしました。おいしいわよ。うちの肝は」

寿美は関口、河野、三上と順番にビールを注ぎながら、尋ねた。

「ところで関口さん、高倉支店長さんはご一緒じゃないの」

「今晩は上野支店に行っている。人事のこととかで」

寿美は淋しげな表情をしてちょっと目を伏せたが、怒りを抑えきれなくなったように突然一オクターブ高い声を発した。

「関口さん、今高倉さんが上野にと言いましたけれど、浅草支店を閉じるんですって」

「この前ちょっと挨拶に寄らせてもらったときに、話をしたはずだが」

「あの時はお客様がちょうど立て込んでいて話の意味がよくわからなかったの。やっぱり本当なんだ、街の噂は」

「いや寿美さん、申し訳ありません」

関口より酔いの回った河野が、いささかろれつの回らない口調で謝った。

「おたくの支店長、見損《みそこ》ないましたわ」

いつもはにこやかで愛想のよい寿美の顔が急にきりっと引き締まり、眉間にしわを寄せてなおも続けた。

「浅草生まれ、浅草出身の支店長としてふるさとに恩返しがしたい。今の時代にしては珍しく地元思いの男気ある人だと思っていた矢先でしょう。銀行内部にどんな事情があったにしろ、体を張って止めることができなかったの。今度うちのお店にいらしたら、一度本当のことをお聞きしたいわ」

「支店長は精一杯の抵抗をしたんだ」

寿美の意外な逆襲に、関口は一瞬言葉を詰まらせたが、代わって河野が高倉を弁護した。

「そうなんだ、寿美さん。支店長もつらいんだ。連日お世話になった地元の人達や旧友への挨拶回り、役員を同道して融資先も精力的に回ったんだ。地元に帰ってきたのに、心ならずも去る気持ちを察してあげてくれよ」

関口も高倉の心情を察しているのだろう。高倉の日常の多忙ぶりを説明した。

「だから、うちの店にはここのところお見えにならないの」

河野は寿美の表情から、高倉が二月一日以降、店に現れないことに淋しさと不満があることを感じ取った。


二ヵ月ほど前に、寿美はおかみさん会の富永会長の勧めもあって、浅草商店連合会や浅草観光連盟といった商店街団体が主催した新年会に、女将の代わりに初めて出席した。

その席で寿美は、あけぼの銀行の歴代支店長としては初めて新年会に招待された高倉に会った。

高倉の傍らには高倉の小学校時代の級友、おかみさん会の富永会長の姿があった。

高倉は富永会長を中心とした昔の仲間、今は浅草再生のリーダーとなっている旧友達と心からなごみ楽しんでいる様子だった。

「きっと高倉さんはいま故郷に錦を飾ったんだわ。本当によかった」

寿美が内心喜んでいるときに、富永会長から高倉を紹介された。

「高倉ちゃん、寿美さんを紹介するわ。時々お店にみんなを連れていってあげて。いま女将が秋田に帰っているので、一人で大変なのよ」

「いやあ、寿美さん、この前は」

「なんだ、知り合いなの」

「うちの関口と以前にお店にお邪魔したことがあるんです」

「寿美です。改めてよろしく」

「こちらこそ」

高倉は店とは違う寿美の着物姿に見とれてしまった。

——美しい。それに気品がある。

寿美は新春にふさわしく、梅の花をあしらった淡いピンクの訪問着と、やや紫がかった袋帯の装いだった。

宴も終わりに近づいた頃合いをみて、高倉はさりげなく寿美の近くに寄り、耳元でささやいた。

「もしよろしかったら、帰りにお茶でも」

「お店にはお帰りにならないんですか」

「今日はこのまま帰ります。そちらはいいのですか」

声には出さなかったものの寿美は軽くうなずいた。

高倉の誘いに寿美は、父親に娘が手を引かれるように自然に従い、隅田川が見える喫茶店に入った。

「今日は偶然に会えてよかった」

「ええ、叔母の代理で。十和田の富永会長から強く勧められて。でも出席してよかったわ」

「その後、お祖母《ばあ》さまのおかげんは？」

「大分長くなりそう。当分お店は私にまかせると、叔母から昨夜も電話がありました」

「それは大変だ。キャリアウーマンと小料理屋の女将さんとでは大分違うでしょう」

「でも私流にやりますから。お店の人達やお客様をどんどん連れてきてください」

「まかせてください」

「私、高倉支店長の『ふるさとへの恩返し』という話、関口さんから聞きました。地元をまったく無視しての銀行の貸し渋り時代の救世主だわ」

「そんなにおだてられても困ってしまうな。問題はこれからだ」

「そうね。男の人はやっぱり行動力ね。フットワークよ」

「やるだけはやってみますよ」

寿美は小一時間ほど高倉と会話を楽しんだ。その時寿美は、高倉が本来はバンカーではなくて、ジャーナリストになりたかったという話も聞いた。

寿美は幼くして両親を失い叔母に引き取られたが、なに不自由なく青春時代を過ごしたことを話した。

そして今は親代わりの叔母に代わって、当分は店を守っていくという気持ちになりつつあることを披露した。そしていずれはガーデニングのプロになりたい。自分の家の庭を花一杯に飾りたいと夢を語った。

高倉は久しぶりに会った娘との対話を楽しむかのように、寿美の言葉にひとつひとつ相槌を打っていた。寿美の方でもいつしか父親に甘えているような気分になっていた。

夜遅くまで機嫌よく酒を飲んでいた関口達を送り出してから、寿美は奥の部屋であとかたづけをしながら、高倉との楽しいひとときを思い出していた。

あの高倉が仕事とはいえ閉店の作業をし、撤退するとは信じたくない、嘘であってほしい。

「嫌いだ。高倉さんなんか」

寿美は急にひとりぼっちの淋しさにおそわれた。

「せっかく尊敬できる相談相手ができたと思ったのに」

第五章　頭取臨店

1

浅草支店閉鎖が行内で公表されてから、支店長の高倉以下役席者はほとんど休日にも出社していた。特に春遠しと思わせるような厳しい寒さにおそわれた彼岸の三連休は、内部事務の整理のため男子行員の一部も出社していた。

期末を控えた二十七日だけは、高倉の命令でとにかく一日完全に休養して身体を休めることとした。

三月二十八日は、午前九時には高倉を始め全役席者が出社した。

「今日は、取引先への挨拶回りや取引移管依頼書の回収作業はないので、関口、河野両課長は、それぞれ自分の課の取引先について取引移管依頼書の回収状況をまとめてくれ」

土曜日一日を休んだせいか、元気を取り戻した小野の大声が店内に響き渡った。

「午前中にはなんとかします」

関口は元気よく真っ先に答えた。

「うちもそれに合わせます。みんなすぐに仕事にかかってくれ」

河野も続いた。

融資課、取引先課の男子行員は、元気を取り戻していた。

高倉は、全員がようやく一本の太い糸でつながったことに、静かに笑みを浮かべた。そしてここまで進行してきた以上、なんとしても大きなトラブルもなく、撤退作業を終えられたらと念じながら、しばらく目を閉じた。

高倉自身も昨日は久しぶりの休日を休養と読書にあてた。春らしくなった庭に出て、来週末には咲くであろう海棠《かいどう》のつぼみを愛《め》でたりした。

書斎に引きこもった高倉は、支店閉店の頭取命令を受けたときから戦国武将たちの撤退作戦に興味を抱き、それに関する書物を探していたが、ようやく堺屋太一の著書『豊臣秀長』を書棚から見つけ出した。

高倉は二時間ほど貪《むさぼ》るように読んだ。中でも織田信長の越前撤退作戦の時の豊臣秀吉の活躍に興味を持った。

元亀《げんき》元年四月二十五日、織田信長の大軍は、若狭《わかさ》から越前、敦賀《つるが》に侵攻していたころ、浅井長政の反乱、叛旗にぶつかり全面撤退を余儀なくされた。織田信長を当主とする織田家と浅井家とは、信長の妹、お市を長政に嫁がせ、いわば義理の兄弟の縁で結ばれていた。その最も信頼すべき同盟軍とも友軍とも頼む長政の軍が、それまで浅井軍とは犬猿の仲であった六角家と結んで叛《そむ》いたのである。

越前の朝倉攻めに精力を費やした織田軍団は、この浅井・六角両家の提携、そして朝倉家の支援で前と後ろとに難敵を抱えることとなり、大将自ら先駆けての撤退作戦を行うこととなる。

大将である織田信長は、討ち死にをも覚悟しなければならぬ撤退に当たって誰をしんがりにするか悩んだが、木下藤吉郎の申し出により最後の部隊の指揮官が決まったという。

そして木下藤吉郎は金ヶ崎城の城内で徳川家康、明智光秀、柴田勝家、佐久間信盛、丹羽長秀などの名だたる武将の率いるすべての軍団の撤退を見守ったあと、最後に木下軍が撤退を開始した。この時しんがりをつとめたのが、後の豊臣秀長であった。

秀長はわずかな兵で城を守り、秀吉は夜陰に乗じて城を出て、城を遠くから守りながら退路を確保し、夜が明けるのを待った。

その間、朝倉軍の攻撃がなかったのを幸いとして、まず秀吉軍が撤退し、その後秀長軍が撤退したが、明け方から朝倉軍団は猛烈な追撃を仕掛け、秀長の率いる兵は九死に一生を得て秀吉軍の本隊に追いついたという。

「これが有名な織田信長の撤退作戦か」

高倉は、撤退作戦の成功が織田軍の立て直しを早め、さらに天下統一への大きな布石となったことを考え、しばし感慨にふけっていた。

「やっぱり昔も今もやむにやまれぬ撤退はあったんだ。しかしあまり評価はされてないし、喧伝《けんでん》もされてない。それにしても戦いは攻めるのが楽で、守り、退くのが一番苦しいとも言われるが、浅草支店の場合も同じだ。勝ち戦《かいくさ》は将兵の士気も高く、軍団の陣形も乱れることがなく攻めて攻めて攻めまくればよい。しかし退く戦い、負の戦いは、将兵の士気を衰えさせ、特に足軽連中は命あっての物だねと我先に競って逃げ、陣形を整えるのが難しい。

高倉は書斎で香りのよいコーヒーをすすりながら、さらに一人でつぶやいた。

「攻めの陣形はすぐ整えられるが、撤退となると、みんな命あらばと我先にと逃げ回り陣形、戦略が乱れる。その時頼りになるのはしんがりの大将だ。それにしても豊臣秀長という人物は相当肝っ玉がすわり、知恵があった人だ。撤退には我慢強さ、辛抱が大事だ。何としてもナンバー2の存在が必要だ」

高倉はしばし瞑想にふけった。

「ナンバー2か、うちでは小野副支店長、関口、河野の両課長がさしずめ秀長役だ。大事なのは、閉店後の彼らの人事だ。これだけはきちんと人事部に話をつけとかなければ」

久し振りの休日、珍しく書斎にこもって朝から読書をしている高倉を見て、妻の千枝《ちえ》はコーヒー・カップを持って書斎のドアをノックした。

「あなた、入ってもいい」

「どうぞ」

千枝は高倉が書斎のデスクで椅子に背をもたせかけて読書している姿に、安心したような笑顔を見せた。

「ここに座ってもいい」

千枝は机の傍らにあるソファに座って何か語りかけようとした。その気配を感じて、高倉もソファに身体を移した。

「ちょうどよい機会だ。君に折り入って話をしておきたいことがあるんだ」

「私もあなたに聞きたいことがあるのよ」

千枝は知りたいことが、いくつかあるようだ。

「支店撤退の命令を頭取から受けてからずっと考えていたことなんだが、この仕事を終えたら銀行を辞めようと思っているんだ」

「ええ、辞めるって、そんな……」

高倉の突然の話に千枝は動揺を隠せなかったが、とにかく夫の話を聞こうと身を乗り出してきた。

「君も承知のことと思うが、今回の撤退の仕事は非常にきつい。肉体的な辛さは我慢できるが、精神的なプレッシャーが大きすぎる。特に両親や友人の前での撤退だ。考えようによってはこれは故郷への裏切りにもなる」

「裏切りなんて、そんな、だって銀行の仕事でしょう」

育ちのよい千枝にとっては、裏切りという言葉が夫の口から出たのでびっくりした様子だ。

「銀行、いや、天下りの田口頭取や塩田専務は私が地元出身者だということを承知なのに、一度も相談せずに命令を下したんだ」

高倉は屈辱に満ちた二月一日の頭取命令以降、日々の撤退作業の辛さを思い出していた。千枝も側にいて、ある程度は理解をしてくれているようだった。

「でも、銀行を辞めるのは困ります。この家の借金もまだ五百万は残っていますし、三重《みえ》の学資も医学部だけに年間三百万はかかります。それをあなたはどうするというの」

家計を預かっている立場から、千枝は夫の退職で収入がなくなることを心配して反対した。

「三重はこんど大学二年生か、医学部だから卒業まであと五年はかかるか……」

高倉は昨年春現役で慶応大学医学部に合格した三重のことに話が及ぶと、一人娘だけになんとしても自分の好きな道を歩ませたいと強く思った。娘が高倉の大きな誇りでもあり、希望でもあり、夫婦の絆でもあった。千枝は娘のこととなると異常な関心を示す夫に、時には嫉妬《しっと》を感じることさえあったようだ。

「ローンや学資のことはなんとかするといっても、退職金だけでは足りないわ。せめて三重が大学を卒業するまでは銀行にいてください。そのあとはあなたの好きにしていいから」

愛娘《まなむすめ》の学資の問題を持ち出されて高倉は返答に窮した。

「生活費や三重の学資のことは私の責任でなんとかする。だからこの際、銀行を辞めさせてくれ」

高倉の強い辞意に千枝も心が動かされたようだ。

「あなたが撤退内示の日以降、出社拒否症状を起こしたのはよく知っています。お腹《なか》の具合がいつも悪いのも知っています。でも我慢できないかしら、あと五年だけでも……。それでもどうしても辞めるというなら私もパートとして働きに出ましょうか」

高倉の退職をめぐっての、結論はその日のうちに出なかったが、千枝にとっては三重の学資の負担よりも高倉の体調、特に毎日の精神的な疲労からくる不眠症が心配であったようだ。

夫の体調不良と、三重の学資、その日千枝は眠れなかったらしいが、ひと晩考えた末、千枝なりに高倉の意志に従うことを決心したと告げた。

三重の学資は千枝が働きに出ることと、孫娘の成長を生きがいとしている実家の父に援助を一部願い出て、相談に乗ってもらうことにした。朝食の席で高倉は千枝の気持ちを聞いた。

「あなた、どうしても耐えられなかったら、その時は銀行を辞めてもいいわ。三重の学資は、なんとか工面します。私も働きに出ますし。安心して今の仕事に集中してください。そして体だけは十分気をつけてください」

妻の同意を得たので、高倉は書いておいた辞表を書斎の引出しから取り出し、背広の胸ポケットに入れた。

不思議なことに辞表をポケットに入れて出社したその日から、出勤途中での腹痛はぴたりと止んだ。いつ銀行を辞めてもよいという覚悟の証である辞表をいつも持ち歩くことによって、高倉の精神的な苛立ちは収まり、それによって腹痛の発生は治まったのだろう。

一日休養した行員達は能率よく仕事をし、午前中一杯で融資課・取引先課とも移管の進行状況が集計された。

上野支店を始め、僚店への取引移管の取りまとめの仕事については、高倉は店のナンバー2である小野に任せた。

小野は取引先課と融資課の移管の進行状況を尋ねた。

「関口君、取引先課が中心となって動いた先の進行状況はどう?」

「当初リストアップした純預金先を中心とした状況なんですが。まず取引解消申し出先二十件、移管には応じるが依頼書未提出先三百件、移管に応じ依頼書提出先千二百件、検討中先、これには面談出来なかった先も含めて千三百件近くあります。しかし、うちは純預金先がほとんどなので、これからピッチをあげればかなりの取引先が承諾してくれそうです」

「そうか、しかし書類をもらっておかないと」

小野は自分の予想に反して正式な移管依頼書が少ないのに、いささか残念がっていた。

「さて、問題は融資先だ。河野君のところはどう？」

「主な融資先を六百十件としまして取引解消が五十件、移管に応じるが依頼書未提出先が百五件、そして移管応諾、書類提出先が二百二十件、検討中先が二百三十五件です。問題は目下検討中の二百三十五件とすでに取引解消の申し出をしている五十件です」

河野は取引移管が思ったように進展しないのを、すまなそうに報告した。

高倉は腕組みをし、三人のやりとりを真剣に聞き入っていた。報告を聞いた小野は、両課長に厳しい表情で言葉を返した。

「取引先課の数字を見るとちょっと意外だな。取引先に多少の不便をお掛けしても何としても僚店に移すよう頼まないとだめだ。預金もこのままではかなり減ってしまう。それに融資課ももうひとふんばりしてくれ」

「もう一度態勢を立て直します。純預金先の星川商会さんは、支店長に一度きてほしいとおっしゃっています」

関口は自分の課の数字が上がっていないのを小野に指摘され、少々いらだったように、高倉に応援を求めた。

「関口君も河野君も私でよかったら、どんどん使ってくれ。特に交渉が難しいところは」

「助かります」

いつもは強気の関口も預金を減らさないで移管せよという推進本部の命令と、小野の指摘にいささか気が弱くなっていた様子だ。

「支店長、うちの方はできれば会長と支店長とで同行していただきたく……」

河野も助け船を求めた。

「会長というと、進藤さんを？」

「ええ、大口融資先の株式会社ムラタさんで、取引開始以来、進藤会長のファンだそうで、会長が直接訪ねてくれれば取引移管を考えてもよいと言っているのです」

「当初は役員訪問のスケジュールには会長も半日入っていたが、ここのところ体調を崩されている。秘書室からも予定を立て直してくれと言ってきているんだ。……よし、私が直接頼んでみる。大事な昔からの優良先だし、いま失いたくない」

「ぜひお願いします」

河野は難問がひとつ解決できたと、ほっとした表情を見せた。

「だいたい途中経過はわかった。明日から一週間は、この撤退作戦の勝負所だ。それぞれの担当者は出来る限り依頼書に印をもらってきてくれ。そして一日、一日、その報告を小野君にしてくれ。カウントダウンまでもう少しだから、つらいだろうが頑張ってくれ」

高倉は両課長と小野に檄《げき》をとばした。

「一件でも多く依頼書を持ってきます」

両課長とも威勢よく答えた。

「さて、問題の期末の預金残高だが」

「いまのところ、取引解消の申し出、即預金の引き上げ、融資解消というケースは十件程度、それを計算にいれて期末は金額にして預金六億円、貸付金十億円程度減少です」

小野は集計表を見つめ、高倉に答えた。

「問題は期末までの三日間です。現に明日、純預金先の工藤さんが不便になるうえにこんなに金利が安いならと、ドル建の外国債を買うよう証券会社に勧められたと言って、期日前を承知で定期を解約にくるそうです」

関口はさも困っているという渋い表情をした。

「うちの先も日の丸商会がすでに融資を全額返済してますので、それに見合った預金がなくなります。一億円は解約となると思います」

河野もすまなそうに言った。

「ここまできたらそれぞれのポストで全力を尽くそう。くれぐれもお客様との言い合い、トラブルは避けてくれよ」

高倉は再び両課長に指示した。

あけぼの銀行浅草支店の撤退作戦の陣形は一応立て直したが、これから本格的な戦いが始まる。高倉は思わず昂る気持ちを押さえきれなかった。

「それにしても彼らの人事面の処遇だけはなんとかしなくては。苦労のかけっぱなしになる」

2

「進藤会長ですか、おはようございます」

「おお、高倉君か。元気でやってるか」

「はい。お忙しいこととは思いますが、浅草支店にいらしてくださいませんか」

「君にはすまないことをしたと思っている。秘書室長にも言っておいたんだが、ここのところ腰が痛くて思うように歩けないのだ。それで君のところの取引先への挨拶の予定をキャンセルしたんだ」

「そんなにお悪いんですか。進藤会長に是非お会いしたいというお客様がいらっしゃるんです」

「どちらの方だ」

「向島《むこうじま》に昔工場を持っていた株式会社ムラタの村田会長です。今度の閉店のことも随分お怒りになっていて」

「村田会長なら怒るのは無理もない。もう五十年も浅草支店の取引先だ。よし、明日の朝そちらに行く。二～三件は無理しても挨拶に回ろう」

「ありがとうございます。みんなも喜びます。では、よろしく」

高倉は電話口で深く頭を下げた。諦めかけていた会長による優良先への挨拶回りが、秘書室を通さずに直接会長に話をした結果、アポイントをとりつけられてひとまずほっとした。

「浅草支店三十日午前中、訪問」の予定を会長自身から聞いたらしく秘書室長はものの五分とかからないうちに、高倉のところへ電話をかけてきた。

「高倉さん、いくら親しいといっても直接会長にアポイントをとるのはやめてください。会長はいま腰を痛めていらして、これ以上痛められるようなことがありますと、秘書室長の私の責任になりますから」

「いや、どうもすみません」

高倉は謝罪の言葉を口にしながらも「責任責任というやつほど、責任などとったことがないくせに」と怒りを抑え、会長出陣が店内の重い雰囲気を一掃するのに役立つものとひそかに期待を持っていた。

高倉の電話が終わるのを待ち受けたかのように、河野が足早に入ってきた。

「支店長、ちょっとよろしいですか」

いまにも泣き出さんばかりの顔がそこにあった。

「どうした、河野君。そんなにあわてて」

「どうもこうもありませんよ。うちの本店の連中は何を考えているんですか」

「まあ座りたまえ」

河野は言われるままに、支店長室のソファにどっと腰を落とした。

「来週早々か、次の週に本店から特別検査が入るという情報が入ったんです」

「なに、うちに？　なんでこの時期に特別検査が入るんだね。いったいうちが何をしたと言うんだ」

「閉店の作業で猫の手も借りたいぐらい忙しい時に、本店から検査など来たら店は大混乱ですよ」

河野はソファにもたれながら、ため息まじりにつぶやいた。

「その情報は誰からだ」

高倉は支店長である自分が知らない検査の情報ルートを尋ねた。

「上野支店の融資課長からです。お前の店は不良債権が多いので、よく洗い直してからでないと引継ぎができないと、ぬかすんですよ」

河野は訴えるように高倉に報告した。

「なんだと」

思わず怒りが爆発しそうになった高倉だが、ふと頭を塩田専務、北村支店長の顔がかすめた。しかし、河野には悟られまいと隠した。

「この時期に検査か」

「これでは外からも内からも鉄砲玉を撃ち込まれているようでたまりません。なぜ上野支店の融資課長が、そんなことを知っているんですかね。私は腑《ふ》に落ちません」

「私に考えがある。当面は行内のいろいろな雑音に煩《わずら》わされるな。いまはただ、移管作業に集中してくれ」

「そうおっしゃられても」

「なんとか手を打つ」

高倉は明言したものの、特別な妙案があるわけではなかった。机の上にあった飲みかけの冷めたお茶を一気に飲み干すと、思わずため息をもらした。

——なんでいま検査なんだ。年一回の定例検査は、昨年七月に終わりBの評定を受けたばかりだ。多少の不良債権の発生はあったものの顧客とのトラブルはないし。

高倉は会長訪問の喜びもいつしか薄れ、今度は検査対策に頭を悩ませた。

——店舗の統廃合に伴って取引先の移管などについて事務が正しく行われているか、また、預金・手形・有価証券などの現物の調査は必要である。しかし通常の検査なみにこの大事な時期に一週間も使って数人の検査役に店の中を出入りされては、移管作業の混乱に輪をかける。それにうちの店が閉店前に検査を受けるとなると、これからリストラされる店舗はすべてその作業の最中に検査を受けることになる。現場にとっては負担がかかりすぎる。この検査、なんとなく陰湿だ。まるでこの店を我々が悪くしたような扱いだ。塩田専務、北村支店長のラインが動いて、私を徹底的に痛めつけようとしているのではないか。

浅草支店閉店前の検査実施という作業は、移管の受け入れ側である上野支店の北村が塩田と検査部長に働きかけたのが真相のようだ。

親しくしていた検査部の検査役が高倉に、最近頻繁に上野支店の北村が検査部長室に出入りし、移管後の処理について話をしていると電話をくれたのを思い出した。ほんの一週間前の出来事であったが、高倉は目前の挨拶回りに追われて河野に言われるまで忘れていた。

浅草支店に検査が入るというニュースは北村が意図的に上野支店の融資課長に話し、浅草支店の高倉にプレッシャーをかけたものだろう。閉店目前の検査の実施は、北村一人や検査部長の判断では出来るはずはない。背後に北村を全面的にバックアップする塩田の大きな影があるに違いない。

高倉は自己の権勢を拡大するため、反対勢力や良識派を一掃しようとする塩田の醜い陰謀を感じていた。

河野、関口ら前線で奮闘している彼らのためにも、長期にわたる検査は何としても避ける必要がある。それが支店長の使命だと心をあらたにした。

3

三月三十日、午前八時三十分、進藤会長を乗せた車が、浅草支店の駐車場に入ってきた。運転手からの携帯電話の知らせにより高倉は、腰の痛みをおしてまで浅草支店に応援に来てくれた会長に敬意を表すべく、駐車場の入り口で到着を今か今かと待っていた。

生え抜きの会長でありながら、古い店の浅草支店の閉店を黙認した進藤を、高倉は以前ほど信頼できなくなっていた。

「おはようございます。本日はお忙しいところ申し訳ございません。みんな会長がいらっしゃるのをお待ちしております」

高倉は、腰を痛めて歩くのもおぼつかない進藤会長の肩を支えながら、営業場に案内した。

「関口君、それに河野君、ごくろうさま」

「会長、おはようございます」

進藤会長は浅草支店の要的存在である関口、河野、二人の課長を見つけると、にっこりと笑い、声をかけた。

田口頭取の顔は覚えてなくても、進藤会長の時折りこぼれる優しい笑顔を多くの行員はしっかり覚えていたようだ。それほどあけぼの銀行の行員達は、現場出身の進藤に親しみをもっているということだろう。

進藤は浅草支店出身でもないのに、その人なつっこい容貌と気さくな性格と座談の名手であったため、取引先には人気があったのだ。

一方、田口頭取は、百七十五センチもある長身の進藤会長に比べて、身長は百五十五センチ、腹だけは出っぱっていた。見た目が冴えないのに加え、田口は天下り者として取引先や行内の一部から反発があった。田口は、生え抜きの塩田を利用して、業績を上げようとたくらんでいた。そのため塩田と親しくし、関連会社あけぼのリースの佐倉と連れだってゴルフによく出掛けているようだ。ゴルフ場は池袋支店が融資を行っている美濃部《みのべ》開発株式会社直営の本格的チャンピオン・シップのつばきゴルフ場である。法人会員向けの豪華なゴルフ場であった。

進藤と田口とは、あらゆる面で対照的だったが、対立関係にあるという情報は支店には届いていなかった。ただ現場経験豊かな進藤と、絶えず出身母体の大蔵省の意向や人事を気にする本部官僚システムに乗った田口とは、経営の最終判断の時にどこかポイントが大きくぐずれることがあったようだ。

　八時四十分から始まった朝礼で進藤は、リストラのための閉鎖理由を淡々と述べた。

「みなさんには、このたび大変な、つらい仕事をしてもらって申し訳ない。しかし、これも当行が生き残ってゆくための思い切った手段のひとつであるので、理解してほしい。特に、高倉支店長には浅草出身なのに閉店の作業までさせるとは、本当に申し訳ない。みなさんも支店長の下で、出来る限り取引先をスムーズに上野支店始め僚店に移管してほしい。頼みます」

　進藤の挨拶は、いつものような若々しい歯切れのよいものではなかったが、それでも全員がなにかほっとした表情を見せたのも、進藤自身の人柄と人望によるところが多いのだろう。

「それでは高倉君、出掛けようか」

　朝礼が終わるやいなや、進藤は高倉に声をかけた。

「お茶を一杯お飲みになってからでも」

「しかしあまり時間がとれないし、座ると座骨神経が痛むんで……」

「では早速よろしくお願いいたします。小野君、出掛けてくるぞ」

　小野や関口、河野両課長に見送られて、二人は店をあとにした。

「今度の件はびっくりしました。なにしろ二月一日に田口頭取から閉店命令を受けるまでまったく予想だにしませんでしたから。まさに寝耳に水です」

二人になると、高倉は会長に対してわだかまっていた気持ちを吐き出した。

「本当にそれまで知らなかったのか」

「噂は聞いていましたが、まさか本当のことだとは」

会長は腰が痛むのか、無言で右手で腰を押さえた。

「今回の閉店の件は、私より先に受け入れ側である上野支店の北村さんが知っていたんです」

高倉は疑問に思っていたことを進藤に尋ねた。

「本来は引き渡す側が先に知らされるべきですし、浅草支店はあけぼの銀行の代表店舗です。役員会にかける前に、現場の支店長の意見を聞いてほしかったですね」

高倉は怒りを感じながらも、親に甘えるような気分だった。

「ここのところ腰の痛みがひどくて、銀行も休みがちだったんだ」

高倉は静かにうなずく。

「腰の痛みのせいか、ここのところ気力がなくなり、浅草支店の問題にしろ積極的に反対しなかった。そのすきを田口頭取、塩田専務、そして大下常務がどうしても金融監督庁や金融再生委員会へのリストラ計画の目玉がいるといって強引に進めたんだ」

「やっぱりそうでしたか。うちと銀座と西梅田が今回のリストラ計画の目玉だったんですね」

進藤との会話のなかで、最高経営会議や暮れの取締役会でのいきさつを理解した高倉は、さらに突っ込んで進藤に尋ねた。

「我々は生け贄ですね。会長は私が地元出身であることをご存じでしょう」

「ああ、ご両親もご健在だと」

「それを承知で、撤退の指揮官をさせたんですか。あまりにもむごいのではないですか」

「君の起用は、前任の店で業績を上げたのを評価したからで、浅草支店の立て直しのためにだ」

「立て直しが閉店ですか」

進藤は高倉の歯に衣《きぬ》を着せぬ言葉にむっとしたようだ。

「会長はいつも我々行員に対して、お客様の立場に立って働けと説いていましたが、これではまったく逆ですね。閉店がどれだけお客様のご迷惑になるか、作業を現に進めている我々は日々感じています」

高倉はみんなの苦労を思い浮かべ、進藤に訴えた。

「何を言われても仕方ない。今となっては、この閉店作業は君だけが頼りなんだ。この点だけはわかってくれ」

「私はわかりません。会長、私はふるさとに後足で砂をかけるも同然のことをしています。

だから、今回の仕事を終えたら、銀行を辞めさせてください」

高倉は激情のあまり、心の奥にたまっていたものを一気に吐き出した。

「辞めるって。それはいかん。高倉君、短気はいかん」

高倉の辞意に進藤は驚き、制した。

「会長、辞表です。本来人事部長に提出するのが筋ですけれども、会長に話を聞いていただいた今、もうあけぼの銀行に未練はありません。どうか辞表をお受け取りください」

高倉は進藤の手に辞表を渡そうとした。しかし進藤はかたくなにそれを拒んだ。

「高倉君、受け取るわけにはいかない」

「でも会長、老いた両親や幼なじみの友達の手前、責任だけははっきりと」

「君の気持ちはわかるが、これからのあけぼの銀行には君のような骨のある男が必要なんだ。辞めるなんてとんでもない。ここはがまんしてくれ」

進藤はごつい左手で、隣席にいる高倉の右手を強く握った。

二人の間に、沈黙のひとときが流れた。高倉はさらに進藤に詰め寄った。

「ともかく辞表だけは受け取ってください」

「君がそんなに思いつめているならば、一応預かっておく」

進藤に辞表を預けることによって、これまで鬱積《うっせき》していたものを吐き出した高倉は、浅草支店が当面抱えている問題について進藤の力を借りようと姿勢を正した。

「ひとつお願いがあります」

「どんなことかね、役に立てることであれば……」

　進藤は高倉の顔を見つめた。

「来週早々にも、うちの店に本店から特別検査が入るという情報が入っています」

　会長は高倉が何を言いだすのか、わからないという顔をした。

「検査自体はかまいませんが、撤退作業の真っ最中です。一日一日が取引移管依頼書集めで皆必死です。ですから検査も現金とか手形や有価証券などの現物中心に、一日で終わらせてほしいんです」

「内と外とでは身動きもとれないということか」

　進藤は現場出身者だけに、店の動きをよく知っていた。

「なんとかお願いします」

「検査部長に話をしておこう。安心して撤退作業をしてくれ」

「現場をすみずみまで知っていらっしゃる会長でとても心強いです」

「おいおい、突然手のひらを返してほめるな。現金なやつだ」

　高倉は老骨にムチを打つように浅草支店に臨店した進藤に深く感謝するとともに、生え抜き会長の引退の日もそう遠くないと身体の弱々しさから感じていた。

　同時に田口ら天下り組と、塩田、大下らの官僚システムにあぐらをかいた役員たちの下では、あけぼの銀行の将来も危ないと感じ始めてもいた。これまでは進藤が重石《おもし》のように彼らの上にのしかかって、ほどよくバランスをとっていたからだ。

進藤が同行して、閉店挨拶、取引移管依頼をしてくれたので、取引解消を申し出ていた優良先三社が、いとも簡単に翻意《ほんい》してくれた。

高倉はいまさらながら取引先の心をしっかりと摑んでいる進藤の人となりに驚嘆していた。

「支店長、おつかれさまです。会長は?」

「そのままお帰りになった。だいぶお疲れの様子だ。しかし、交渉はうまくいった」

高倉は店を守っていた小野に告げた。

「それはよかったですね。ところで先ほど本部の塩田専務から電話がありまして」

「用件はなんだ」

塩田の名前を聞くやいなや、おだやかだった気持ちにさざ波が立った。

「直接電話をくれと」

「そうか、それにしても取引先での会長の人気は相変わらずだ。俺たちも見習わなければならない」

高倉は小野にそう告げてから、支店長の机にある本部直通電話をとり上げた。

「浅草の高倉です。塩田専務をお願いします」

「しばらくお待ちを……」

秘書室の有賀《ありが》の声が続けた。

「支店長のところも大変ですね。がんばってください。いま取り次ぎます」

有賀のいつも変わらぬさわやかな応対に、高倉は一瞬心がなごんだが、電話口にでた塩田の口調はきつく、その気分もすぐに吹きとんだ。

「高倉君、君の店の数字はなんだ。預金が予想より大きく下回っており、逆に下げるべき貸付金が相変わらず高い。なにをやっているんだ」

「なにをやっているんだと言われましても……。うちはご承知のように、上野支店への取引移管作業を最後の仕事として、全員懸命に取り組んでいるところです」

「そんなことは先刻承知だ。この前も言ったように、いかなる事態であろうと預金を減らされては困る。営業推進本部長としての私の立場はどうなると思うんだ」

「こちらの都合で店を閉じるので、取引先もいささかナーヴァスになっていますので……。さきほども会長にご出馬をお願いして、やっと優良先三社の取引解消を止めることができました」

高倉は塩田とは相性が悪いと言われる会長の名前を出すことによって鉾先《ほこさき》をかわそうとした。

「進藤会長がそっちにいらしたのか。それで交渉がうまくいったって？」

「お言葉ですが、相変わらず会長の人気は抜群です。専務もまだ浅草の閉店作業を見ていらっしゃらないので、ご来店ください。そして交渉が難航している取引先を一緒に回ってください」

「私は本部の仕事で忙しい。いちいちリストラされる店など巡回できるか」

塩田は吐き捨てるように言った。

「上野支店には時折りお立ち寄りになっていると、北村さんはおっしゃっていましたが」

高倉の言葉に、塩田は一瞬言葉をつまらせた。

「そのうち行くよ。ともかく期末の残高を落とさないように、しっかり頼む。この期末を越えるには少しでも預金を増やし、貸付金を減らすことだ。例の公的資金を注入したお陰で自己資本比率は最低でも八パーセントには、上げておかなくてはならん」

「がんばりますので、お手柔らかに」

「お手柔らかにか。俺は君をいじめている覚えはない。かわいい後輩だからなあ」

塩田はわざとらしく豪快に笑った。

「ではこれで失礼します」

そばで小耳をたてて聞いていた小野は、高倉が最後は穏やかになったのを見て、肩をなでおろしたようだった。

「よかったですね、会長がよいタイミングでいらして」

「塩田専務は会長が大の苦手だ。前に一歩進めば、後ろから足を引っぱられる。それでは身動きもできないな」

高倉は副支店長の小野にも、特別検査を一日検査に変更してもらうよう会長に依頼した件は、一切もらさなかった。

4

昼食を終わって、難航している取引先への交渉に再び出掛けようとした矢先、河野が青ざめた顔色をして支店長室に飛び込んできた。

「支店長、いま、うちの実家から電話がありまして」

「どうしたんだ、河野君」

「母がなくなったんです」

「いつ？」

「昨夜、急に気分が悪くなって、近くの病院に運ばれたんですが……。脳溢血《のういつけつ》のようです」

河野はうっすらと涙を浮かべながら、高倉に報告した。

「ここ二〜三年、あまり調子がよくありませんでした。彼岸の三連休に見舞いに行く予定だったのですが、行けなくて……」

河野は無念そうな表情をした。

「仕事があったからなあ。閉店作業さえなければ」

「残念でたまりません」

「すまん……。本当にすまん」

「支店長のせいではありません」

河野も母親の突然の訃報《ふほう》に接し、心が揺れ動いているのだろう、時折り涙声になった。

「店のほうはいいから、早くお母さんの所へ行ってあげたら」

「でも、閉店と期末が重なっている時ですから」

「何を言っているんだ。店のほうは私も小野君も三上君もいるから大丈夫だ」

河野は店の置かれている苦境を思い、まだ迷っているようだった。

「早く行ってお母さんを弔《とむら》ってあげなさい。お通夜やご葬儀の段取りもあることだろうし、長男の君がいなければ」

高倉は河野の決断を促した。

「では、お言葉にあまえまして」

「私も告別式には参列したい。決まったら小野君に連絡してくれ」

「でも支店長は大変な時ですから。秋田の山奥まで、ご足労いただくのも心苦しいですし」

「こっちのことは心配しなくていい。ともかく早くお母さんのところへ行ってあげなさい」

河野は目を充血させ、足早に支店長室を出ていった。高倉は告別式に出席する手筈《てはず》を整えた。

河野の郷里は秋田の湯沢だった。午後二時から始まる告別式に出席するには、東京駅発午前七時五十二分のやまびこ一八一号に乗り、北上駅を十一時一分下車、車で湯沢市に直行するのが最短のコースだ。

湯沢市は日本でも有数の豪雪地帯、特に焼石岳山麓《やけいしだけさんろく》をはしる和賀《わが》川に沿った高速道路は、四月になったというのにまだ五～六メートルの雪でまわりをかこまれていた。特に十日程前に北日本を襲った低気圧のため、ところによっては二月の厳冬期よりも積雪を重ねているところもあった。通常なら車で一時間ほどで着く湯沢の町も、豪雪のためゆとりをもって二時間はみないと定刻に遅れると、秋田の大曲《おおまがり》出身の女子行員に高倉は事前に教えられていた。

高倉は連日本部や取引先との折衝、挨拶回りに追われていた。ふと我を取り戻したのは、新幹線の中だった。

――今日は四月一日だ。例年なら新入行員が三～四名入行して店も春めくのに。今年は新入行員どころか、四月十九日には支店の全員が離ればなれになる。なんという運命か。

高倉はこのわずか一年間の銀行界やあけぼの銀行、そして高倉自身の激変を想い浮かべていた。

——河野君もよくやってくれている。しかし高熱をだしたり、母親の急死が思いがけず期末にぶつかったりするとは、まったく不運でかわいそうだ。この仕事を終えたら河野、関口を始め、苦労をかけた連中の処遇をなんとかしなければ。少なくとも戦犯扱いはさせない。浅草支店を今日のような状態に落ち込ませた戦犯は別の人物だ。それを明らかにすることも私の仕事だ。

河野の実家での葬儀は盛大に行われた。あけぼの銀行からも田口頭取名で大きな花輪が贈られていた。

東京からかけつけた高倉をめざとく見つけた河野は、深々と頭を下げた。

「支店長、大変なときに休ませていただきまして……。また、今回はわざわざ母の葬儀に出席していただきまして、ありがとうございます」

「君こそ本当にたいへんだった。あと始末もあることだろうから、三〜四日はゆっくり休んだらいい」

高倉は河野の寝不足で青白くなった顔を見て、いたわりの言葉をかけた。

「でも、まだ移管依頼書をまとめませんと」

河野はなお閉店の作業を気にしていた。

「そんなことは心配しないでいい。精一杯お母さんを弔ってください」

「はい、すみません。よろしくお願いします」

ほんの二～三分の会話だったが、高倉と河野の間に通じ合うものがあった。

高倉は葬儀が終わるとすぐに、車で北上駅に向かった。河野は高倉のために湯沢市内にホテルを予約したと申し出たが、それを断って高倉は午後五時五十一分発のやまびこ五四号に飛び乗った。

上野着は午後八時五十八分、タクシーを拾って午後九時三十分頃に店に帰り着いた。

融資課、取引先課の若い行員を始め、役席者全員がまだ残業中だった。

「お帰りなさい。お疲れさま」

融資課の全員が、いっせいに言葉をかけてくれた。

「支店長、お泊まりではなかったんですか」

小野が高倉の強行スケジュールを心配して、声をかけてきた。

「河野課長はどうでしたか」

河野の代わりを務める三上も、高倉に尋ねた。次々に高倉の帰りを待ちわびたように質問をしてきたが、高倉は疲れを感じ、ろくに返事もせず支店長室のソファに深々と腰を落とした。

――それにしてもハードだった。

ひと息入れたあと、高倉は小野と三上を自室に呼び入れた。

「河野君は三～四日出てこられない。いない間の手配を頼む」

「課長担当のスケジュールはどうしましょう」

「私が河野君の代わりを務めるよ」

「支店長は、支店長のご担当が……」

「なんとかやりくりしよう」

高倉と三上とがスケジュールの打ち合わせをしている最中に、支店長室に関口が現れた。

「入ってもいいですか」

「ああ、どうぞ。もう終わるところだ」

「河野課長は元気でしたか」

「突然でショックを受けていたようだが、気力はたしかだった。気が張っているんだろう」

「それはよかった」

「ほんとうに……」

高倉も河野が意外と元気だったのを思い出しながら、安堵と疲れが混ざった言葉を思わずつぶやいた。

「支店長もだいぶお疲れですね。そうそう、葉月の寿美さんの叔母さん、葬儀に行きませんでしたか」

「とり込んでいたのでわからなかった。だいいち本人に会ったこともないんでね」

「そうでしたね。葉月に顔を出したら、近くの大曲に叔母がいるので、葬儀に参列させますと言っていました」

「情に厚い人だね、彼女は」

寿美さんはどうしているんだろう。高倉は旅の疲れを感じながらも、寿美のことをぼんやり考えていた。

5

高倉の机の直通電話が鳴り響いた。

「秘書室長の古川です。いま、田口頭取がそちらに向かっているので、あと二十分ほどでお着きになると思います」

「田口頭取が……」

「そうです、よろしく」

用件だけ伝えると、秘書室長の古川はすぐさま電話を切った。

高倉は自分より入行年次が五年遅い古川を、快く思っていなかった。古川は若い頃一度現場経験をしただけで、その後本部詰めが長く、人事部、秘書室の間を往復していた。天下って行内事情にはうとい田口の覚えはよく、彼の面談のアポイントに関しては、有力支店長といえども自分を通すのが役割と信じていた。また、相手に対する呼び方も本部役員以外は肩書きを呼ばず、すべてさん付けだった。そのくせ本人は「秘書室長の古川」と必ず相手を威《い》嚇《かく》するように自分の肩書きを前面に出していた。

「虎の威を借る狐さ」と支店長達からの評判はきわめて悪かったが、高倉も内心古川を軽蔑《けいべつ》していた。

田口頭取臨店の知らせは、三時の締め間際の忙しい店内にたちまち広まった。

三時二十分、田口の車が浅草支店の駐車場に入ってきた。出迎えたのは、小野とロビーマン。小野は頭取を早速二階の支店長室に招こうとしたが、何を思ったのか急に第一応接室に招き入れた。

小野は頭取を部屋に通したあと、支店長室に駆け込んだ。

「頭取がお見えです」

「どこへお通しした？」

「支店長室と思いましたが、第一応接室にしました」

「ここでもいいのに」

高倉は現場経験の乏しい頭取に、臨店の際にまず営業場を見てもらい、支店長室の様子を紹介しようと思ったが、小野が頭取を通した第一応接室に向かった。

「いらっしゃいませ、ご無沙汰しております」

高倉はなぜ頭取が浅草支店を訪問したのか不審に思ったが、いつもの気まぐれな行動だろ

う と察した。突然支店を訪問することがあるのを僚店の支店長から聞かされていたからだ。

「元気でやってるかい」

「頭取もお顔の色つやがよいようですね」

「三連休に久しぶりにゴルフに出掛けたよ」

「それで、スコアは?」

「相変わらずだ。OBさえなければ……」

頭取は思わずゴルフの話に入りかけたが、場所と浅草支店の現状を考えたのかゴルフの話題は中止した。

「今日は君とゴルフ談義をしにきたわけではない。取引移管の進行状況はどうだね」

頭取も移管状況が気になっているようだ。

「はい、この数字が昨日までのものです」

高倉は小野が毎日業務終了後集計している「取引解消先」「移管には応じるが移管依頼書未提出先」「移管依頼書提出先」の一覧表を見せた。

「思ったより取引解消先が少ないね、三十件とは」

「当初は大口純預金の優良先をはじめ七十件近くありましたが、先週、会長に直々にお出まし願って、かなりピッチがあがりました」

「会長がいらしたのかね、この浅草支店に。聞いてないなあ」

「そうですか。だいぶお腰を痛めていましたが、それでも交渉の難航している先を口説いてくれました」

高倉が会長の臨店と取引先への挨拶回りをかねた交渉の話をすると、頭取は不機嫌になった。

「あの人もお年だから、あまり無理にお使いしてはね」

なぜ早く臨店して一緒に取引先を回ってくれなかったのかと、高倉に責められているとでも思ったのか、田口は憮然としていた。

「心配していたトラブルは大丈夫か」

「今のところ大きなトラブルはありませんが、個々の取引先の中にはこの際取引解消したい、銀行はいつも自分のことだけを考える、あけぼの銀行は浅草を見捨てたのかなどの反発はあります」

「それはそうだろうね、もっともな話だ」

田口は軽くうなずいたが、天下り官僚にありがちな後詰《ごづ》めにいて、鎮座《ちんざ》している無責任な習性をこの時も見せた。

「私だってこうしたリストラは、やりたくないんだ」

支店の開店など華々しい行事には、いつもトップとして自分をクローズアップさせるくせに、肝心の「閉店」「労使交渉」などの「負の仕事」となると、他人にまかせてすぐに引っ込んでしまうという無責任な性格を、頭取は本質的に持っていた。

高倉は、せめて臨店の際には優良先を四〜五件挨拶に歩き、会長のように全員に激励の言葉をかけてもらいたかったが、官僚体質丸出しの頭取に求めても無理な注文だった。

「なにか注文はないか、たいへんな仕事をやってもらっているんで、この際聞いておきたい」

「ちょっとお待ちください」

高倉は第一応接室の脇にある電話を取り上げて、小野を電話口に呼び出した。

「いますぐ関口君と河野君とを連れて、第一応接室に来てくれ」

ほどなく小野と関口、河野両課長が応接室に入ってきた。

「頭取、ご紹介します。小野副支店長、取引先課の関口課長、そして融資課の河野課長です」

会長は三人の顔を知っていたが、天下りの頭取は関口や河野を知らなかった。

田口は小柄な身体を大きく見せ、威厳を示そうとするかのように腕を組み、口をへの字に結んだ。

「頭取、この三人がいま撤退の陣頭指揮をとっています」

「そうか、ごくろうさん」

頭取はねぎらいの言葉をかけた。しかし、トップである自分がなぜ副支店長や課長クラスの人間に直接会うんだと言わんばかりの、上からものを見る姿勢を示した。

「先ほど何か注文はないかとおっしゃいましたので、ぜひお願いしたいことがあるのです」

高倉は身を正して、頭取に詰め寄らんばかりに近づいて話をはじめた。

「閉店の仕事が終了しましたならば、この三人の処遇を考えてほしいのです」

「と言うと」

「小野副支店長を支店長に、関口課長を副支店長に、また河野課長も副支店長に昇格させてくださるようお願いします。もちろんすぐにとは申しません。二～三ヵ月は両課長とも、上野支店で浅草支店の取引先の面倒をみる必要がありますので。できるだけ早い機会に人事面の処遇、昇格を考えてください」

しばらく頭取は考え込んでいたが、高倉はさらに田口に詰めより一礼した。

「頭取、よろしくお願いします」

高倉の予期せぬ人事の注文に対して、田口はこの場の重苦しい雰囲気からはやく脱出したい気持ちもあったのか、あるいは人事部長に自分がひと声命令すればことがすむと簡単に考えたのか、突然大きな声を出した。

「わかった。約束する」

「ありがとうございます。君達それぞれ支店長、副支店長になれるんだ。頭取にお礼を言いなさい」

「ありがとうございます」

三人は頭取の大きな声に負けないくらい大声を発した。

頭取はばつが悪くなったのか、突然腰を浮かせた。

「高倉君、これで失礼する」

頭取は大股に歩き、階下へ降りていった。

「小野君、お送りして」

高倉は気にかかっていたことが、ひとつ解決しそうなことに、ほっと息をついた。

6

高倉は身体の節々が痛く、妙に熱っぽいのを感じた。連日の取引移管の依頼交渉に疲れ果てていた。特に河野の母親の葬儀に寒い秋田に出掛けて以来、頭痛と咳に悩まされていた。

第一応接室に残った関口と河野は昇格の内定と言ってよい頭取の言葉を聞いて、さすがにうれしがっていた。

「関口君と河野君、あれでいいだろう、君達の処遇は。それぞれ三人が証人だ」

「ありがとうございます」

関口と河野はサラリーマンとして最も関心の高い人事の処置で、それぞれ昇格が内定したことに喜び、握手を交わしていた。

しかし、高倉の目には河野が心から喜んでいるようには映らなかった。あけぼの銀行の将来が不安で、昇進などに一喜一憂してもしかたない、とでも思っているのだろう。

「久しぶりに一杯飲みに行こう、前祝いだ」

それから一時間後、高倉、関口、河野の三人は店のあと始末を小野にまかせて、寿美のいる葉月で祝杯をあげていた。熱燗《あつかん》を飲めば風邪も治るだろうと思っていた高倉だが、酒がいつものようにおいしくない。ビールに切り替えたが、これが逆に作用して身体を冷やしてしまった。

河野が高倉の様子がおかしいと気づいたのか、心配そうに顔をのぞき込んできた。

「支店長、どうしたんですか」

「ちょっと頭と腹が痛いんだ」

「寿美さん、ちょっと」

河野の突然の大声に驚いて、寿美が足早にかけよった。

「どうしたの、河野さん」

「支店長の様子がおかしいんだ」

寿美はびっくりしたように、高倉に目をやった。

「悪いがちょっと休ませてくれ、少し横になれば治ると思う」

「どうぞ、どうぞ。いま、もうひとつ座布団を」

寿美は、河野と一緒に、高倉を畳の部屋に寝かしつけた。

「ちょっと失礼」

寿美は高倉の額に手をあてた。

「大変、すごい熱だわ。風邪かしら」

「支店長はここのところ無理が続いている。うちのお袋の葬儀で秋田に行ったのも、関係しているのではないかな」

「秋田は寒いですから。このまましばらく寝かせてさしあげたら」

寿美は二人に言いながら、素早くそばにあった座布団をふたつに折って、高倉の頭をのせた。

「お二人は、まだ飲みますか」

「もう夜も遅い。高倉さんは明日支店長会議のはずだ」

関口は寿美の差し出すお銚子をしりぞけながら、心配そうな顔をした。

「このまま横浜の自宅に帰るにしても、明日元気で起きられるかなあ」

河野も心配そうに高倉の顔をのぞき込んでいた。

高倉は立ち上がって、帰り支度をはじめた。

「寿美さん、車を呼んでください。車で帰りますから。君たちも今夜は遅いから車で帰れよ」

それからしばらくして高倉は、水を一杯飲むと三人で店を出た。

「支店長、大丈夫ですか」

「明日は一日本店だ。店を頼むぞ」

「はい、では気をつけて」

三人はそれぞれ車に乗り込んだ。関口や河野と別れ別れになり、一人車に乗った高倉は、また寒けに襲われ、吐き気を感じた。

――どこかホテルにでも泊まるか。明日は支店長会議だし、大手町にある本店に午前八時半までに行かなければ。寿美さんのところに引き返して、近くのホテルを予約してもらおう。

車はもと来た道をたどって、葉月に横付けされた。ちょうど暖簾《のれん》を下ろして店じまいをしている寿美の目の前に、ふらつく足で高倉は立った。

「どうしたんですか、支店長さん」

「気持ちが悪くて頭が痛い。どこかホテルをとりたいんですが。明日は早くから本店で会議があるから」

「すごい熱だわ、どうしましょう」

「少し横にならせて……」

熱は四十度を超えているように思え、到底一人で歩く自信がまだなかった。

「こんな高熱ではホテルの一人泊まりは無理だわ。私のマンションでよろしければ介抱してあげます」

寿美は、帰り支度を手際よくすませ、通りかかったタクシーで隅田川沿いにある自分のマンションに、高倉を連れていった。四十度の熱にうなされている高倉は、自分がどこに連れてこられたのかもうろうとしてわからなかった。

気がついた時はベッドの中にいた。

「ここは……？　ああ、寿美さん」

「安心して。さしでがましいことをしてしまい、ごめんなさい。でも少し熱は下がったみたい」

寿美はマンションに高倉を連れてきてから四時間、寝ずに氷枕を入れたり、額に冷やしたタオルをあてたり、またアスピリンを飲ませたりして、高倉の介護にあたってくれていたようだった。

浴衣が汗びっしょりになった午前七時、高倉は目をさました。昨夜、あれほど痛かった頭や足腰の関節の痛みも、今朝はすっかりとれていた。

「お目覚めですか、支店長さん」

「寿美さん、これは……」

「それは私の浴衣、高倉さんのワイシャツはきちんとアイロンをかけておきました」

「すいません……」

「さっき熱をはかったら六度七分になっていたわ。もう大丈夫です。さあ、起きてくださいね。今日は支店長会議ですもの」

「ああ、支店長会議だった。すっかり忘れていた」

「昨夜は熱のせいか、うなされていたみたい。塩田とか田口とか言っていましたわ」

うわ言でまで彼らの名前を言っていたと聞き、高倉は心の底から二人のことを憎く思っている自分にはっきりと気づいた。

「迷惑をかけてすいません。寿美さんは寝なかったんですか」

「寝ずの介護、えらいでしょう。でもよかった、早くよくなって」

寿美はいたずらっぽくほほえんだ。

「本当にありがとう、なんと言ったらいいか。今日の支店長会議を欠席すると、なにを言われるかわからない」

「大事な会議が今朝からあると聞いていたので、どうしたらいいかわからなくて。奥様にも連絡をと思ったのですが……。本当にかえって図々しいことをしてしまい、申し訳ありません。……さあ、おにぎりと温かいおみそ汁がありますから、食べてください」

「こちらこそ申し訳ない。なんだか熱が下がったとたん、急にお腹がへった。では、ご好意にあまえさせていただきます」

「いまお茶をいれます」

寿美は早くから作った朝食を、高倉が食べるのを見てうれしそうだった。

「うまい。生き返った。ほんとうにすいません」

「前から一度お聞きしたかったんですが、なぜ浅草支店を閉店しなければならないんですか。高倉さんは地元出身でしょ。反対しなかったんですか」

突然、寿美が胸につかえていたものを吐き出すかのように詰問した。

それまでかいがいしく食事を作ってくれた寿美の言葉に高倉は驚いた。

「すまない。力が足らなかったんです」

高倉は寿美の前では一切自己弁護をしようと思わなかった。

現場の指揮官である支店長の意見をまったく聞かない本部の一方的な撤退命令には、高倉なりに抵抗をしたが、その経緯を寿美に語るには、あまりにも自分自身がみじめに思えた。ましていまは撤退作業の真っ最中である。官僚体質丸出しの本部に対して、いずれ一矢を報いその上で銀行を去ろうと考えていたが、いまはそれを伝える時期ではないと抑えていた。

高倉の辛さを察したのか、寿美は急に話題を変えた。

「会議に間に合うように出てくださいね」

昨夜からの高熱がうそのように下がり、高倉は元気を取り戻していた。しかし心の片隅には、寿美の言葉が影を落としていた。

——たすかった、ありがとう寿美さん。腐り切った組織を変えてみせる。銀行を辞めるのは、それからだ。

高倉は何度も心の中で寿美に感謝した。

支店長会議の欠席は厳しいリストラ旋風が吹き荒れるなか、どんな理由があっても許されないものだった。ましてや撤退する支店の責任者が欠席するなど、仕事を投げ出しているととられかねない。部下を守るためにも、それだけは避けなければならなかった。

寿美は、高倉のサラリーマン人生における恩人になった。

第六章　撤退終了

1

あけぼの銀行の一九九九年上期の支店長会議は、午前九時から行われた。

冒頭挨拶に立った田口頭取は、いつになく厳しい口調であけぼの銀行再生のために公的資金による資本を七千億円注入したいきさつや、この公的資金を九年間で完済するための大胆なリストラ計画を発表した。

頭取が発表したリストラ計画の骨組みは、二年後の二〇〇一年三月までに人件費八百億円、物件費一千億円、役員数二十八名、従業員数八千名、国内本支店二百八十店、海外店舗十店にまで削るという思い切った内容のものであった。

このリストラ計画は、昨年発表した内容、そして本年の年初に発表した数字よりも一段と厳しいものになっていた。

たとえば、人件費は昨年四月には千二百億円であったのが、年初めでは九百億円、そして今回は八百億円に大幅に削減するという内容である。

リストラ計画の目玉とも言える店舗の統廃合については、今回の計画は国内本支店二百八十店、海外店舗十店という内容で、国内本支店に限ってみると、一九九八年の公表数三百四十店、本年当初の二百九十店より一段とその統廃合という名の下に支店閉鎖が進められることになった。

頭取は、国内本支店、海外店舗の大胆な統廃合を進めるに当たって、代表店舗である東の「浅草」、西の「西梅田」の両店舗が、今月中に店を閉じ、今後こうした店舗の統廃合は急ピッチで行われる旨を明言した。

あけぼの銀行始め公的資金を受け入れる大手十五行に対して、金融監督庁や金融再生委員会は、昨年十一月以降リストラ計画の提出を義務づけていた。

資本注入申請に必要な経営健全化計画の内容は、六項目にわたっていた。

「経営合理化策」「責任ある経営体制の確立策」「利益の流出抑制策」「信用供与の円滑化策」「償還・返済の財源確保策」「財務内容・業務の健全運用確保策」であるが、なかでも「経営合理化策」の中心にある「リストラ計画」が注目されていた。

このリストラ計画は、役職員数・店舗・給与・報酬・平取役員退職慰労金などを二〇〇三年三月までにどの程度削減するか、その数字を具体的に提出することを義務づけている。

あけぼの銀行ではほかの大手銀行同様、当初この公的資金注入に関しては、あまり乗り気ではなかった。その理由の主なものは公的資金注入に伴って、当局を始めマスコミなどから厳しく経営責任を問われるのを避けたい気持ちが強く働いたからだ。

こうした金融界のトップの意向を見て、金融監督庁と金融再生委員会は、硬軟自在の行政指導をこの三ヵ月間にわたって行ってきた。

「アメ」とも言われる措置は、公的資金注入を定めた金融機能早期健全化緊急措置法案が参院を通過した直後、野中官房長官が「資本注入の申し入れを金融機関からいただく環境を作り上げるのも必要」と経営責任をすべての経営者がとる必要はないことを言外にほのめかし、銀行界に資本注入を呼びかけたことで推し進められた。

一方「ムチ」ともとられる措置は、金融再生委員会が一月二十五日に発表した「不良債権の償却・引き当てガイドライン」で、回収に重大な懸念のある債権に貸出金の焦げ付き発生に備えて七十パーセントの貸倒引当金を積むことを金融界に求め、さらに公的資金注入を申請した銀行のトップに対して経営戦略の確立と、その構築等の「攻め」の部分について鋭く質《ただ》した。

公的資金注入に伴って、あけぼの銀行でも当初のリストラ計画を交渉の過程で、統廃合店舗を大型店五店を中心として更に十店の削減へと大巾に変更した。こうした経緯もあって支店長会議での頭取の発言は、いつになく厳しい口調になったのだ。

さらに頭取は、リストラ計画の目玉になる経費削減策として、次の施策を四月より実施することを明言した。

「この経営合理化策を具体的に実行するに当たっては、社内預金、社内融資制度の廃止、行員賞与三割削減、役員報酬の成果主義導入、早期退職制度の拡充、福利厚生施設の大胆な閉鎖、そしてその処分などを行いますので、支店長に協力をぜひお願い致したい」

2

張り詰めた支店長会議から解放された高倉は、ニューヨーク支店長の大川、中小企業に出向中の松井を加え三人の同期で作った「弥生会」に出席するため、新橋の弥生に向かった。

「おお、高倉、待っていたぞ」

ニューヨークから一時帰国した大川は、高倉が店に入ると大きな声をあげて招き入れた。

「遅れてすまん。あれから関係部課を回ってきたから。閉店と言っても金がかかる。自分たちの都合で店を閉じるのを命令しながら、肝心の予算となると出し渋るんで、まったく参ったよ」

「ごくろうさん。さっき松井から電話があって、少し遅れるそうだ。オーナー社長がまだ居残っているので、出にくいそうだ」

「松井も馴れないところで苦労しているんだ、かわいそうに。かつての人事部のエリートも島流しか」

「我々サラリーマンは、上の覚え次第でどうにでもなってしまう」

二人は、杯を重ねて近況を語り合ったが、ふいに大川が真剣な顔で高倉を見た。

「高倉、まだ決まった話ではないが、俺はニューヨークからとばされるかもしれない。いや、俺だけではない。支店ぐるみだ」

「やはりニューヨーク支店を閉店する気か」

「まだ正式ではないが、今日の海外店舗三十店から十店にまで縮小する話はびっくりした」

「でも、ニューヨークは、海外拠点の店だぞ」

「そこなんだ。拠点だから危ない。田口さんを含めうちの役員のやり方は、まず自己保身だ。彼らがもっとも恐れているのは、経営責任を追及されることだ。金融監督庁や金融再生委員会側の意向ばかり気にしている」

「その通りだ」

高倉も大川の話には、同意した。

「彼らの作りたいのは、目玉だ。リストラ計画の目玉としてニューヨーク支店を閉店するんだよ」

大川は残念そうに自ら率いる店の名を出した。

「俺のところと同じだ。大川のところも生け贄か。田口、塩田、大下の三人なら、やりかね

「高倉もそう思うか」

「彼らならやる。うちの銀行もビッグバン戦略で国際業務をあきらめ、国内業務、つまりテールに営業戦略の重点を移すとなると、おまえとニューヨーク支店は危ない」

「そういう筋書きか。国際畑の俺は、いったいどうなるんだ。三年間、単身赴任でがまんしてきたんだ」

酔いのせいか大川は、愚痴《ぐち》っぽくなった。

「お子さんが受験期では、単身赴任もやむを得なかったしな。同情するよ」

二人の会話が湿っぽい話に傾きかけた時、高倉へ松井から電話が入った。松井は「オーナー命令で急に取引先とのつき合いを言い渡されたので、今晩の弥生会は行けない」と告げた。

「松井君も苦労しているんだ」

高倉はつぶやいた。

「高倉、おまえ今度の役員人事知ってるか」

大川がいきなり口を開いた。

「いや、全然。目先の仕事に追われっぱなしで」

「お前らしくていいが。今回の役員人事で、進藤会長が相談役に、田口頭取はそのまま、天野副頭取が監査役に、そして副頭取には塩田がなる」

「管理本部長の木村専務は、どうなるんだ」

「彼は子会社の社長だ。おそらくあけぼののリースだろう」

次回の役員人事で、田口、塩田体制が確立されそうな動きに、あけぼの銀行の将来は望めないと思った。

「そして役員削減の中で平取締役の多くは執行役員に降格」

「なぜ木村さんが子会社に飛ばされるんだ」

「頭取が関係している例のゴルフ場の開発会社への融資の一部が、不良債権がらみになっているので、その回収を池袋支店長に迫ったところ、裏目に出たらしいんだ」

「そんなばかな。今回の公的資金注入も不良債権の一括処理推進が目的だったはずだ」

「田口さんも痛いところをつかれて、自分の経営責任が内部から問われるのを抑えたんだ。塩田専務と組んで」

「十分ありうることだ」

「もっと不可解なのは、池袋支店長の安田さんが新取締役、上野の北村さんが新執行役員に昇格するという噂だ」

「本当か。北村さんが」

高倉は支店長昇格が自分より一年遅れた北村に、先を越されるのだ。退職を考えているとはいえ、不愉快だった。

「店を閉じるお前の評価こそ大事なんだが。相変わらずの迎合人事だ」

大川は高倉に同情していた。

「木村専務もいなくなる。あの伏魔殿《ふくまでん》と言われる池袋支店の支店長が代々役員になる。そして北村さんが執行役員か」

高倉は眉間にしわを寄せてつぶやいた。

「あくまでこの人事は噂だがね」

大川もこの人事には納得していないのだろう。

高倉は退社する決意を伝えたい心境にかられたが、六月末の人事異動の様子を見るまでその思いを封じ込めた。

「でも四月下旬には新しい経営陣が決まってないと。五月下旬の決算発表には役員人事も公表するのが通例だ」

「それにしても、お前はどこにいくんだ」

大川は高倉の閉店後の人事に気をもんでいた。

「まったくわからん。四月十九日の浅草支店の閉鎖後一ヵ月間は、上野支店詰を大下常務から言われてはいるが」

「肩書きは」

「支店長ではないのは確かだ。支店長が二人のはずがない。おそらくは管理本部か、経営企画部付の主任調査役というところだろう」

「まさか、そんな扱いを」

大川はやがて閉店されるニューヨークの支店長として、浅草のケースに注目しているにちがいない。

「俺としては、上野支店への常駐はなんとしても避けたい。さらし者になるみたいだ」

「そうだなあ。やはり閉店という仕事は大変だ。俺も明日はわが身だ。ニューヨークの金髪娘よ、さようならだ」

高倉はその後しばらくして弥生をあとにした。

「そうだ。寿美さんに、無事支店長会議が終わったことを報告しなければ」

高倉は近くの電話ボックスに飛び込んだ。

「もしもし高倉ですが。寿美さんいらっしゃいますか」

「支店長さんね。支店長会議終わりました？」

「お陰様で、なんと御礼を申し上げてよいやら。本当にありがとうございました」

「ところで、支店長さん。なにかお忘れ物ありませんかしら」

「忘れ物といいますと」

「運転免許証」

「ああ免許証。朝から会議に追われて、気がつきませんでした。近々取りにお伺いします」

「いつ、いらっしゃるの。関口さんがさっきお店にお見えになったので、彼に渡そうとしたの」

自分が女性の一人暮らしのマンションに泊まったことは、部下には知られたくなかった。

「それで、渡したんですか」

「まさかそんなことは致しません。私のマンションに支店長さんが忘れたなんて、とても私の口からは言えません。そうでしょう」

「よかった。寿美さんのところに忘れてきて。それにしても昨夜は本当にご迷惑をおかけして。お陰様でもうすっかりよくなりました」

「私の浴衣、高倉さんの汗でびっしょりだったわ。やっぱり高い熱がある時は、お水をたくさん飲んで、汗をたくさんかいて熱をとるのが一番です。本当によかったわ。お役に立ててうれしいわ」

「こちらこそありがとう。それで……」

寿美は高倉の口から発せられる次の言葉を待っていた。

「今回のお礼というか、感謝の気持ちとして一度夕食にでもと思っていますが」

「うれしいわ。でも土日でないと店をあけられないわ。これでも今では若女将ですからね」

「それはわかってます。十七日、十八日と二日間は閉店最後の仕事として店に出ることになっているんです。恐らく十八日の日曜日は午前中で店じまいだ」

「日曜日の午後か夕方でしたらいつでも。お電話ください」

「そうします」

「ところで取引移管の件、おかみさん会の会長が商店街の人達を積極的に口説いているそうですよ。私も今日の昼間会長さんから言われたわ。地元出身の初めての支店長だもの、助けてあげなくては、別に彼が悪いわけではない、と……私も思わず泣けたわ。これこそ浅草の情だ、心意気だって。高倉さんはよいお友達に恵まれて、本当に幸せですね。そしてどこでもおもてになる」

高倉は寿美が自分を身近な存在として意識してくれているのを感じた。

「照ちゃんがやってくれたんだ。ありがたい。寿美さんといい、照ちゃんといい、下町の人達は人情に厚い」

「ええ、本当よ、高倉さんは幸せ。でも、それは高倉さんがふるさとを愛しているからよ」

「そう言われると面映《おもは》ゆいが、私のやっていることは正反対だ。閉店だもの」

「それでも私は、高倉さんのことを尊敬していますから。これからもよろしく。日曜日まで待てないので、その前に皆さんとお店に来てください。そうしないと運転免許証を返しませんよ」

「わかった、わかった。明日にでも取りに行きたいが、撤退間際で忙しくて行けるかどうか」

高倉はこの不況の中でも、ふるさとだけは人情が残っていると感じた。

──浅草有情か。

新橋駅に向かう高倉の足は、昨晩とは比べものにならないくらい軽く心地よかった。

3

閉店を一週間後に控えて、浅草支店は取引移管依頼書の取りまとめに多忙をきわめた。これまで集められた取引移管依頼書の受入れ移管支店の九割は上野支店だったが、交通の便など立地の関係で上野支店以外の王子、亀有《かめあり》、錦糸町《きんしちょう》などの支店に移管を希望する取引先もあった。

取引移管依頼書を礎《いしずえ》にして、コンピューターによる移管手続き作業が行われていた。あけぼの銀行のコンピューターシステムでは、取引移管の作業は最低四日かかるので、作業の大半を十三日頃までに終了する必要があった。しかし取引先にとっては不都合かつ迷惑な閉店には違いない。銀行側の思惑通りには事は運ばなかった。

今日も朝から高倉は小野、関口、河野、それに外為課長、さらに内部事務の統括者である副支店長を集めて最後の詰めの作業を検討していた。

「取引解消をすでに申し出ている先は別にして、移管には応じるがまだ書類を提出していない先、そして検討中の先はどのくらいあるんだ」

高倉は最後の仕上げ作業に当たって、自ら先頭に立った。

「取引先課としては、地元及び商店街関連として検討中のところがまだ六十件、そして移管には応じるが書類をもらっていない未提出先が二十件です」

関口がまず答えたが、次に融資先について河野が報告した。

「うちの課は検討中のものが地場産業がらみで三十件、移管は承諾したものの書類が未提出の先がまだ三十件あります。困っているのは、大口融資先でもあり関連の個人預金が多くある佐倉商会の社長が、閉店前に一度酒席につきあったら印を押すと言ってきていることです」

「佐倉商会さんか。河野君さえよかったら、一度つきあったらどうだ」

「でも暇がありませんし」

「相手がそうおっしゃるなら、それも大事なことだ。今夜にでも行ってこいよ」

取引解消先を一件でも少なくしようと、高倉も幾分あせっていた。

大事な取引先を最後の詰めの段階で失うことは河野とて避けたかったろうが、このところ残業につぐ残業で、いささか疲れがたまっているようで顔色もよくない。しかも太っ腹のようで、取引に関してはシビアーな佐倉商会の社長との折衝は、気が重いようだ。

「つぎに外為関連先はどうだ」

「うちは件数も少ないですし、今日明日中に書類は全部揃います。大丈夫です。任せてください」

「事務の移管作業は、事務システム部と連携してミスのないようにしてくれ」

高倉は内部事務担当の責任者に指示した。

「最近は本部のほうもよく協力してくれます。これから数十店も閉じるので、浅草の撤退のノウハウは貴重だと言っていました」

「後方の事務が混乱すると、すべてが浮き足立つし、トラブルの元だ。ひとつしっかり頼む」

わずか十五分程度のミーティングであったが、その日の対応が決まり、各自が最後の詰めに入った。

4

「支店長、午前中空いてますか。できたらご一緒におかみさん会の会長に会ってほしいんですが」

「私も会長に会ってお詫びをしたいと思っていたんだが、何度行ってもなかなか会えないんだ」

「今日は店にいるとおっしゃっていました。昨日までは鹿児島に街おこしの講演に行っていると、店の人は言ってましたから」

「それでは十時出発だ」

浅草おかみさん会は、浅草寺で知られる観音様のお膝元で、ふるさと再生の願いを込めてスタートした。当初は男にはできないきめ細やかな気配りをモットーにして、浅草商店街に暖簾を持つ女将さんの集まりとして始まった。

おかみさん会の仕事は浅草六区の開発、地下駐車場の建替、そして年中行事となっている三社祭《さんじゃまつり》やカーニバルの手伝い、そしてPR誌「おかみさん」の発刊など、多岐多彩にわたっている。最近では街の活性化を狙って浅草・ニューオリンズ・フェスティバルを常磐座を借り切って自主興行した。また浅草観光学院設立による京都の舞子のような振り袖さんの養成や、全国イベント物産会の開催、浅草旬の市のオープン、など文字通り商店街の活性化の旗手となっている。

浅草おかみさん会は街おこしを浅草だけにとどめず全国まで拡げようと、一九九三年より「全国おかみさん交流サミット」を推進し、開催地も福岡、京都、浜松など各地で開催、一九九九年二月には高知で開催した。不景気を嘆いてばかりはいられない。いまこそ全国の女将さんが手をつなぐとき、とばかりにそのパワーを全開にしている。

この浅草おかみさん会を率いる富永会長は、全国各地から街おこしに関する講演が殺到し、昨日も夜遅く講演先の鹿児島から帰ったばかりだという。高倉にとっては、浅草小学校のクラスメイトでいわば幼なじみであることから、支店長着任以来随分と地元の取引開拓に際しては世話になっていた。

高倉と関口は開店準備に忙しいすしや通りにある、そば処十和田の暖簾をくぐった。

「いらっしゃい」

「高倉です。女将さんは？」

「すぐ呼んで来ますから」

ほどなく現れた会長は、顔を合わせるなり、本題に入ってきた。

「あら、高倉さん。何度もお店に足を運んでくれたんですってね。閉店するんですって。いったいどうなっているの、おたくの銀行は」

「会長、いや照ちゃん、本当にすいません。この通りです」

高倉は深々と、かつての同級生である女将さんに頭を下げた。それを見て、関口も身を縮めるように一緒に頭を下げた。

「地元に恩返しをと言いながら店を閉じるとは、お怒りももっともです」

「そうよ。私達が下町再生、浅草復興のために頑張っているのに。いったいなによ」

「いや、本当にすまない」

高倉は何度も頭を下げた。

「昭和四十七年に千葉銀行が店を閉じてから神戸銀行、大和銀行、次から次へと銀行は浅草支店を閉じるんだから」

「すいません」

「高倉さん、あなたには責任はないけれど、一度頭取に言ってちょうだい。一体何を考えているのだと」

「はい」

高倉が答えるより先に関口が素早く答えた。

「こんな時に大変申し訳ないが、取引移管依頼書に印を押してくれませんか」

「あなたも立場があるから致し方ない」

会長は関口がすでに渡してあった取引移管依頼書に改めて目を通すと、店の人に書類に捺印をするように指示した。会長は下町っ子らしく自分の言いたいことを言うと、あとはさっぱりとしたいつもの姿に戻った。

「他の人達はどうしているの」

「書類だけはすでにお渡ししてありますが、印をいただけずに困っているところです」

関口は高倉に代わって、地元商店街を回って、取引移管依頼書を提出していただくよう頼んでいるが、思うようにいかないことを告げた。

「私にまかせておいて。高倉さんの顔は立てるわ。明日の夕方までにできるだけ書類を集めておくから、それでいいでしょう」

浅草の女将さん達を率いるだけのことはある。高倉は地獄で仏にあった気がした。

「本当にありがとう」

高倉は涙がこぼれそうなほど感激して、十和田を出た。

「関口君、ふるさとはいいねえ」

「あの気風には惚れますね」

「この恩は生涯忘れられないなあ」

「本当ですねえ」

「ここにも浅草有情がある」

「他にもあったんですか」

高倉は高熱にうなされた自分を一睡もせず介抱してくれた、寿美の美しい手と優しい笑顔を思い出していた。

5

「それでは行ってきます」

「佐倉さんは酒癖がよくないという評判なので注意してくれ」

「一人で行くのか」

「三上君に一緒にと頼んであります」

「あまり無理をせんように」

高倉が口では無理をしないようにと言いながら、大口取引先である佐倉商会との取引解消を何としても避けたがっているのは、河野は痛いほど感じていた。預貸金をあわせて十億円にも達する取引先を失うことは、最後の指揮官として、単に計数だけではなく、面子《メンツ》からも失いたくはないだろう。

オレンジ通り商店街から三軒ほど入った小料理屋で、社長は河野らを待っていた。

「おお、河野課長と三上代理。まあこちらへ」

佐倉社長は待ちかねたかのように、二人を上座に座らせた。

「本日は二人してお招きいただきまして、ありがとうございます」

河野は銀行側を代表して、席に着くやいなや丁寧に挨拶をした。

「忙しいところご苦労さん。まあ一杯、いやかけつけ三杯だ」

河野と三上は佐倉の機嫌を損ねないように杯を重ねた。

「佐倉社長、このたびは私どもの勝手で取引を上野支店に移管していただくことになりまして」

「まだ移管するとは言ってないぞ。それより酒だ。酒を飲もう」

河野はいかにして機嫌を損ねることなく取引移管依頼書の書類をもらうことが出来るか、頭をめぐらした。担当の経理部長が一度了解したのだが、あとになって佐倉社長本人が保留にしたのだ。

「河野課長、金融システムの安定ってなんのことかね」

二人が到着する以前から、飲んでいたらしく、早くも赤ら顔になっていた佐倉は真っ向から論戦を挑んできた。河野らの返事も待たず話を続けた。

「公的資金の約七兆五千億円のうち七千億円があけぼの銀行にも注入されるそうだが、本当にそれで金融システムが立て直せるのかね。俺は疑問を持っている」

河野と三上は顔を見合わせた。

「注入された七兆五千億円で貸し渋りを緩和すると言っているが、実際は自己資本比率の改善と約九兆にも及ぶ大手十五行の不良債権の一括処理に使われるのではないのかね」

「一部は不良債権の処理に使わさせていただくと聞いておりますが」

「口では金融システムの立て直しと言いながら、実際には貸し渋りを解消するどころかゼネコンへの債権放棄をして、救済するのだ」

佐倉は、河野も日頃から感じている急所をずばりと突いてきた。

「景気回復のためには、ある程度は仕方ないとは思うが、銀行の経営者の責任はどうするんだね。借りた方も貸した方も責任は問われていない。公的資金注入は平成の徳政令だ。君達はそう思わないのかね」

二人とも佐倉の剣幕《けんまく》に押され、思わず相槌を打った。

金融システム安定化のために公的資金が注入されたのは今回で三回目だ。第一回は住宅専門会社と言われる住専処理だ。この時は金額が六千八百五十億円と少なかったが、与野党でその注入をめぐって国会が一時混乱したものだ。第二回は一九九八年の三月だ。実質上経営破綻をきたした日本長期信用銀行を含む二十一行に対して、総額一兆七千七百億円がつぎ込まれた。その審査をしたのが通称佐々波委員会と言われる金融危機管理審査委員会の面々だ。しかも委員長を務めた佐々波楊子は、九月の国会で大手行に公的資金を注入する審査の過程を問われた時に、本来はきちんとした形で各銀行の経営内容を調査した上で注入の可否を決定すべきところ「個別行の内容には関知していない」と発言した経緯がある。特に委員長たる者がバランスシートとラインシートを間違えるかのような発言の中で、この公的資金の注入がきちんと各行の財務内容をチェックした結果とは、河野にも到底思えなかった。

こうしたいきさつがあったため、第三回の公的資金の注入は、審査する側も十分慎重に内容をチェックしたことがうかがわれる。大手十五行の経営健全化計画、中でも二〇〇三年三月期までの経営の見通しを始め、経費削減額、業務純益、自己資本比率、公的資金の完済見込み年数などについて十分検討を加えた上で、はっきりとその経営力を判断して資本注入額が決まった。

たとえば公的資金の完済見込み年数を見ると三和、住友、日本興銀、三菱信託などと比べて、あけぼの銀行の九年は長い。明らかに収益力が違っていることを物語っている。腹にたまっていた不信感を佐倉は一気にまくし立てると、河野らに対して無理難題を突きつけてきた。

「河野課長や三上代理の言うことを聞こう。しかし、ひとつ条件がある」

「条件といいますと」

河野は身を乗り出すように尋ねた。今夜の大事な仕事は佐倉を説得して取引移管依頼書をもらうことだ。まともに論争しても勝ち目はない。いや、勝ってはいけないケースだ。河野は固唾を呑んだ。

「河野課長、これから俺と裸のつき合いをしよう」

河野は訳がわからず、首を傾けた。

「吉原のソープに行くんだ。ついてくるか」

「私がですか。勘弁してください」

「この佐倉にはつきあえないと言うのか」

佐倉の声は一段と大きくなっていった。

「ふん、銀行員など、本当は大の女好きのくせに。一緒に行かないのなら、書類は渡さない」

「そんなことおっしゃらず、この通りです」

河野は畳に頭をこすらんばかりに平身低頭した。三上も河野に従った。

佐倉はさも愉快そうに豪快に笑った。いつもは融資に関して何かと注文をつけている二人が平身低頭しているのだ。今夜は立場が逆転していた。

「よろしくお願いします」

「冗談だよ。君らは取引先がいくら頭を下げても、金を貸さないときがあるだろう。君達に頭を下げさせたかったんだ。俺はたたき上げの創業社長として、金作りの苦しみを何度も味わってきた。君達にその苦労はわかるまい」

「すいません」

河野も三上も、なおも頭を下げ続けた。

「もういい」

ひと言発すると、手元の酒をあおるようにして飲み干し、佐倉は席を立った。

「移管依頼書をここに置いていく。ご苦労さん。二人ともまだ若いんだ。これからもがんばってくれ」

「社長、本当にありがとうございました」

この夜の出来事を河野は一生忘れないだろう。自分達の取引先に対する態度は、いかに高圧的だったか。佐倉の一喝で、目からうろこが落ちた気がした。

「三上、もう一度飲み直そう」

「ええ、課長。よい勉強になりました」

「寿美さんの店に行こう」

二人は重圧から解放されて、オレンジ通りをゆっくりと歩いて行った。

桜の花が満開とはいえ、妙に花冷えのする夜であった。

6

「ナイスショット」

「頭取、よく飛びますね」

四月十日、田口、塩田、安田池袋支店長、そして北村の四人が、埼玉県のゴルフ場でゴルフを楽しんでいた。

このつばきゴルフ場はオープンに際して会員を募集したところ、当初予定募集人員に満たなかった。そのため塩田は自分の息のかかった支店長達に取引先に会員権を買わせるようにハッパをかけた。その結果、オープン時にようやく定員に達したいきさつのあるゴルフ場だった。

　数日前に支店長会議を終え、ほっとひと息ついた田口、塩田の二人はアウト・インとも自己最高スコアを更新し、上機嫌でホールアウトしてきた。一方、安田と北村は頭取と専務への気遣いと期末の疲れからか、ＯＢを連発しスコアを大きく崩して上がってきた。

「風呂を出たら、個室をとってくれ。誰もいない理事長室がいいな」

　田口がホスト役の安田に命じる。

「はい、すぐ手配します」

　自分達三人になにか大事な人事に関しての話があるのではないかと、塩田は直感した。浴室にも行かず、着替えだけすました北村と安田が、理事長室の入り口で待っていた。

「中で待っていてくれればよかったのに。さあ入りたまえ」

　田口はスコアがよかったからか、だいぶご機嫌の様子だ。早々に支配人がビールを用意し、四人は乾杯をした。

「頭取のドライバー、今日はすごく飛びましたねえ。お年より十歳は若いお体ですね」

　塩田は田口を持ち上げる。しばらくゴルフ談議に話を咲かせていたが、田口は話題を転じた。

「以前から言ってきたことだが、今回の役員人事で会長に退くつもりだ。その後は副頭取の天野君に任すとして、副頭取は塩田君に頼みたい」

「ありがとうございます、頭取」

噂にはなっていたが、直接田口の口から念願の副頭取の座を指名された塩田は、頬がかっと熱くなるのを感じた。

「木村専務はあけぼののリース行きだ。彼は部下に命じて管理本部長の立場で、このゴルフ場の経営を調査し、いろいろと注文をつけてきている。邪魔者は追放だ。それと安田君は取締役昇格、北村君は浅草撤退の功労者として執行役員だ。これで正式決定にしたい」

役員に抜擢される安田は満面に笑みをたたえていた。

「どうぞ。頭取、もう一杯」

「現金な男だ、君は。あけぼの銀行の役員になるのがそんなにうれしいか」

「入行したときからの夢でした。ありがとうございます」

「北村君はどうだ」

「執行役員など、思いもかけませんでした。同期より一歩も二歩も遅れて支店長になりましたし……。本当にありがとうございます」

「君のことはこの塩田君が特に強く推薦したんだ。安田君、君もそうだ。二人とも昇進したら塩田専務、いや副頭取を助けてやってくれよ。何しろ敵の多い人だから。それだけやり手でもあるということだ。そうだろう、副頭取」

田口は塩田に相槌を求めた。

「ありがとうございます。いずれ恩返しを」

四人の宴は、夜遅くまで続いた。

「頭取、車が来ました」

支配人が手配したハイヤーが来たことを、田口に耳打ちした。

「それでは、皆さんよりひと足早く切り上げるとするか」

田口はゴルフのあと、愛人宅に立ち寄るのを楽しみにしていた。塩田はそれを知っていたが、いつも見て見ぬふりをきめこんでいた。

7

同じ土曜日、浅草支店では最後の移管作業の詰めに入っていた。

「もうひと息だ。あとは地場産業が集まっている協同組合を率いる理事長がオーケーしてくれれば」

高倉は理事長を兼ねる有力企業であるハワイ株式会社の動向が気がかりだった。社長の戸田の意向次第では、組合傘下の多くの人達が行動を共にする結束の強い業界である。

そこへ河野が息を弾ませながら、支店に飛び込んできた。

「支店長、戸田さんの奥さんが社長を説得してくれて、やっとオーケーをもらいました」

「本当か。よかった」

河野は休日にもかかわらず、最後の拝み倒しとばかりに戸田社長宅を訪問したらしい。

「社長夫人によりますと、商店街のおかみさん会の会長とはPTAの役員仲間だったそうです。会長に頼まれて、戸田社長を説き伏せることを決心したんですって」

「そうか。来週早々にでもお礼に行って来る」

「奥さんも当初はかなり怒っていらっしゃいましたが、やはり浅草生まれの支店長だから守ってあげようという気になった、とおっしゃっていました」

「私よりも君達が日頃取引先の人達と、きちんとお付き合いしてくれたおかげだ。君達こそ立役者だ」

「いいえ、支店長そんな」

「昨晩の佐倉さんの一件といい、今日といい大奮闘だ。この通り感謝する」

高倉は支店長の椅子から立ち上がって、河野に最敬礼した。河野はあわててそれを制した。

「支店長、よしてください。水くさい」

結局のところ取引解消をあくまで主張して移管を拒んだ先は、融資先十八件と純預金先二件にとどまった。

第七章　三社祭

1

　四月十七日は土曜日だったが、浅草支店閉店の日として全員が出社することになっていた。

　出勤途上、高倉は地下鉄浅草駅の階段で関口に会った。

「おはようございます。支店長」

「おはよう、関口君。今日が全員が揃う最後の日か。みんなよく頑張ってくれた。みんなとは別れの辛い日だ。君と河野君を中心にして当面十名ほどは上野支店に配属されるが、向こうの支店の人達と仲よくがんばってくれ。他の人達はばらばらの支店に異動になる」

　一抹の寂しさを関口に語りかけながら、高倉は支店の行員用通用口に向かった。高倉は最後の朝礼で人事異動を発表することになっていた。

「支店長、おはようございます。いよいよ最後ですね」

「よく頑張ったね」

女子行員と挨拶を交わして営業場に入ったとき、本部の広報室の連中が二人、ビデオカメラを持って店内を撮影しようと準備しているのが見えた。

「小野副支店長、あれは何だね」

「昨日支店長がお帰りになったあと、大下常務の命令とかで広報室長から電話がありました。浅草支店閉店の様子をビデオに撮りたいということです」

「これから閉店する店舗が続くので、その模様を全行に行内ビデオで流したいんだな」

「これも、我々浅草支店の閉店作業がうまくいったからですよ」

「そうだな。それも小野君、君達のおかげだ」

「なにをおっしゃいます。支店長こそ大変でした。何しろ地元ですからね」

「取引解消先を全部で二十件に抑えたのは上出来だった。当初はその二倍も三倍もあると予想していたのだから。預金もたいして減らないで済んだし、ありがたいことだ」

「本部の連中は、こうした時には必ずおもてに出てきますね」

「大下常務は、浅草支店の閉店作業がつつがなく終了したのは、自分達の指導の賜物《たまもの》だということをアピールするために、田口頭取をはじめ全行員にビデオで見せたいんだろう」

「私もそう思います。手柄はいつも一人占め、いつも支店を見下ろしているのが、うちの本部の習性だからなあ」

「ここまでくれば大成功だ。我々は胸をはって次のポストで頑張ろう」

閉店作業も無事終わり、ナンバー2としての役割に自信を持った小野は、高倉の言葉に笑顔で応じた。

「小野君も次の定期異動では支店長だ。頭取が約束したはずだ。その前に上野支店で、もうひと踏んばりしてくれ」

「ありがとうございます」

高倉と小野が話をしている間、ビデオ撮影の準備も整い、広報室の若い行員が朝礼開始の催促にきた。高倉は小野と並んで支店の全行員の前に、浅草支店長として最後の挨拶に立った。

「みなさん、おはようございます。今日でこの伝統あるあけぼの銀行の代表店舗である浅草支店は六十年間の幕を閉じます。思えばこれまで多くの先輩方がこの店で汗を流して働いて、発展にご尽力されてきました。今そのことを思うと、この店の最後の幕引きをする私としては先輩方にすまなく、まさに断腸の思いが致します。特に私がこの店に赴任して以来一年余りの間に閉店になったことについて、もう少し本部も、店舗の統廃合というリストラ実行の背景はあるにしろ、支店の実情を十分聞いてから決断してくださってもよかったのではないかと思います。これもある面では私の至らぬせいと深くお詫びを申し上げたい気持ちで一杯です」

高倉は上層部に対しての皮肉を織りまぜながら、自分の気持ちを正直に話しはじめた。

「さてみなさんは、三月十六日の支店閉店の発表以来、この撤退作業をそれぞれのポストに応じて一生懸命遂行してくれました。おかげさまでお取引先との間には大きなトラブルもなく、取引解消先は二十件ですみ、その他の取引先の方々はご不便を承知の上で上野支店始め僚店に移管されることに同意してくださいました。銀行の都合で、移管にご協力いただいた取引先のみなさんには、感謝の気持ちで一杯です。

みなさんも初めての負の仕事とも言える撤退作業で大変ご苦労され、またとまどいや悩みもあったことと思います。しかし実際にやった人にしかわからないこの貴重な体験は、みなさんのこれからの銀行員生活、人生において大きな糧《かて》になったと思います。ひと言で言いますと、相手に対する思いやりではなかったかと私自身は思います。

浅草支店は閉店になっても、みなさんの心にはいつもこの浅草支店での出来事や浅草有情が残っていることと思います。これをいつまでも忘れないようにしてほしいものです。

本当に一ヵ月間ご苦労様でした。厚く感謝申し上げます」

高倉の挨拶が終わると、一斉に全員から拍手がわき起こった。支店全員が役割は異なってはいたが、まったく経験したことがない多くのことをこの閉店作業の中で学んだのだ。拍手は支店の各人が自分のやったことに対して、自分自身をほめてやるための拍手ともとれた。

朝礼後、高倉は自室に全員を一人一人呼び、それぞれに人事異動先を告げるとともに、これまでの労をねぎらった。小野達の昇格は、次回の大巾な人事異動となる六月末に持ち越され、彼らにはしばらくの間は上野支店で浅草支店の取引先だったところを面倒みるように、言い渡した。そして各人に小さな包みを手渡した。包みの中は観音様のお守りだった。

閉店の儀式が終了すると間もなく、移管作業の最後の締めとも言える取引先との契約書や現物の持ち出しの準備が行われ、午後からは取引先の契約書類を上野支店などの僚店に運ぶため、系列のビジネス・サービス会社の職員達が現れた。

重要書類の運搬作業がほぼ終了した午後五時から、二階の会議室で全員で閉店お別れパーティを催した。大きな仕事を終えたという安堵感もあって、行員達の顔に暗さはなかった。

「ところで関口課長、春のレクリエーションはもうないんですか」

「レクリエーションか。それどころではなかったからなあ」

「この店のメンバーで是非やりましょうよ」

商店街担当だった部下の加藤道子に言われて、関口は幹事の若い男子行員と女子行員を呼び止めた。

「レクリエーション大会を、支店全員で集まってやらないか、という話が出ているんだがどうだろう」

「さっきもそのことを話していたんですが」

「もう桜も散ったから、花見の時季ではないしなあ」

「女子行員から出た話なんですけれども、みんなで五月の三社祭に参加したらと」

「そうしましょうよ」

若い女子行員の発案で、その場で春のレクリエーションは三社祭に参加と決定された。しかしその様子を黙って見ていた高倉は不安を抱いた。

三社祭には、例年支店長を含め全員が銀行名の入った半被《はっぴ》を着て参加したが、今年は店が閉店した以上、町内の人達が気持ちよく一緒に神輿《みこし》を担ぐことに賛成してくれるか心配だった。高倉はみんなの気持ちを尊重しながらも、閉店の時もお世話になった町会長に、親しい関口から相談させてみようと思った。

2

翌十八日の日曜日は高倉ら役席者の一部が、午前中のみ出社することとした。

まだ出社していない高倉を除き、小野副支店長ら四人が支店長室に集まり店舗の建物の閉店後の管理について、関連会社ビジネス・サービスとの手続きを打ち合わせた。

打ち合わせが終わると、誰からともなくあけぼの銀行の行く末についての話になった。

「三月末の公的資金注入で、大手十五行のうち、上位都銀と興銀の株は急上昇しているのに、うちの株価は低迷したままですね」

河野がまず話の糸口を作った。

「ミッちゃんも嘆いていました。持株会に入って十年間積立てして持った株式が三千株になったと喜んでいたら、株価の低迷で実際の持株会の積立金と株価の差が四百万円にもなってしまったと。社内預金をしておいた方が、まだましですよね」

関口が同情を示した。

「歴代支店長が行員に持株を勧めていたからね。まさかここまでうちの会社の株価が下がるとは、予想しなかったよ」

河野は自分も持株会に加入して毎月積立てしていることを考えて、思わずため息をついた。

「持株会で長年積立てた株を売るのは、自分の家を建てるなど大口資金を個人で必要とする時ぐらいしかなかったからね。私も三年前にマイホームを建てるのに三千万円かかったが、持株会でそれまでためていた株を三千株売って、一部その資金に充てたんだ。金額は当時ひと株あたり四千円だったから千二百万円ほどの資金は出来たんだ。それが今では三百円台だからね」

マイホームを建てた時の経験を口にしたのは小野だ。

「うちの銀行を昨年退職した役員達は、持株を高値の時売りさばいたそうだ」

節操のない最近の役員気質を河野が非難した。

「巨額の退職金をもらった上に、そんなことをするとは無責任だ」

関口は熱血漢らしく、いきなり机の上をたたいた。

「関口さん、落ち着いて」

河野が関口をなだめる側にまわった。

「なあ河野、我々現場の者はいつも取り残される。淋しいものさ」

関口が悲憤慷慨《ひふんこうがい》している時に、高倉は出社した。

「おはよう。遅くなって……。どうしたんだ？　だいぶ議論が沸騰しているようだが」

「支店長はどう思います。あけぼの銀行の将来は」

高倉は閉店作業も無事終えたという安堵感もあって、自分が思っていた銀行界の将来と、あけぼの銀行の生き残りの道を話すことにした。

高倉はペイオフ、ビッグバンが本格的に実施されるまでには、金融機関は再編成の渦の中に巻き込まれることを予測していた。

「金融業界は、本格的なビッグバンが進みペイオフが解禁される頃までには、四つか五つのグループに塗り替えられると思う。それも銀行だけでなくて信託、証券、生損保、外資などを含めてだ」

「どんな風に変わるとお考えですか」

小野が質問した。

「まずこれはすでに一部ではささやかれているが、日本興業銀行、第一勧業銀行、富士銀行による共同持株会社方式による統合とそのグループ、系列企業の再編成だ」

「それがほんとうだとしても、これまで業態や行風のまったく違う銀行が一緒になって、うまくいくんですかね」

河野が口を挟んだ。

「銀行の歴史は、これまで合併の歴史でもあるんだ。ところがおそらく合併ではなくて、持株会社方式による業務の統合となる。そこに重点があるんだ」

「金融持株会社とはどんな性質の会社なんですか」

三上はいち早く興味を示した。

「金融持株会社とは、銀行や証券会社が設立する持株会社で、一九九八年三月に施行された金融持株会社関連二法によって設立が可能になったものだ。これによって業態の垣根を超えて金融の再編が促されるだけでなく、部門別の採算管理も強化されるため経営が大巾に効率化されるんだ」

「すると、人事や給与はどうなるのですか」

生来の呑気な性格の関口が、ようやく話に入ってきた。

「問題は人事だよ。特に第一勧業銀行の場合は人事の融和を図るため、これまでたすき掛け人事を行い、合併の成果が現れるのがかなり遅れていたから、今回はその弊害を取り除くため二〇〇二年春からは持株会社が人事部を統合し、リテール（小口金融取引）、ホールセール（大企業取引）、投資銀行、証券業務、それぞれの子会社が人事部を持って、給与や賞与も所属する部門の業績に連動する体系がとられることになるだろう。これまでの慣例を排して成果主義を前面に打ち出すことによって、経営効率を高めようとする狙いだ」

「しかし三行統合で世界最大の金融グループが誕生するにしても、従業員や店舗を大巾に削減することになるんでしょう。中年になって突然リストラされる人達はたまらない」

河野は三行統合の核心をついてきた。

「リストラは三行のみにとどまらない。それぞれの銀行の傘下、グループ下にある関連会社や取引先を含めると、リストラの人数は計り知れないものがある」

高倉も河野と同様、今回の統合の最大のポイントは人事であると考えていた。

「残るも地獄、去るも地獄の状態が続き、いままでエリートを自任していた人達には北風が吹くことと思う。頼れるのは勤めている会社ではなくて自分自身の実力、それも客観的にどこからも評価される実力だ」

「三行統合に次ぐグループはどこですか」

小野は次の再編グループの話を促した。

「第二は三菱グループ。これには東京三菱を軸にして三菱信託、東京海上火災、明治生命、外資系ではアメリカのモルガン・スタンレー証券、ドイツのドレスナー銀行がつく」

「東京三菱は、他の都銀とは合併や統合はしないのですか」

弟が東京三菱に勤めている関口が心配そうに口を挟んだ
「東京三菱は、三菱グループとして独自路線を歩むだろう。問題は第三のグループと目される住友グループと三和グループの動きだ。住友グループは、住友銀行を中心として住友信託、住友生命、住友海上火災に大和証券がいる。外資系ではアメリカのゴールドマン・サックス証券だ。そして三和グループは三和銀行を軸にして東洋信託、大同生命、アメリカのメリルリンチ証券だ」

「住友、三和の大阪系のグループに東京系の三井グループが統合したり、合併したりすることはないのですか」

三上は高倉に質問をした。

「ここのところが読めないんだ。三井グループはさくら銀行を中心として三井信託、三井生命、三井海上火災、外資系ではドイツのドイチェ証券、アメリカのプルデンシャル生命だ。旧財閥系の三井グループが、三和か住友のどちらを花婿《はなむこ》として選ぶかが問題だ。いずれにしても三井グループ単独で生き残ることはかなり難しい」

「これで四つのグループが形成されますが、野村証券や日本生命はどう動くのでしょうか」

河野は証券・生保のナンバーワンの動向に興味をもって高倉に尋ねた。

「両者とも単独では広範囲なビジネスを展開できないことは承知しているので、四つのグループのいずれかと手を組むことになるだろう」

肝心のあけぼの銀行の将来については、ふれなかった。

「すると支店長、うちはどうなるんですか」

三上はさも心配そうに、高倉の話を待った。

「うちは都銀の下位グループだから、その選択が問題だ。四つのグループの傘下に加わるか、有力地銀や都銀下位行を巻き込んで一大地域大連合を組めるかに命運がある。この店のリストラも、体質強化になれば、我々の努力も報われるんだが」

「そうですね……。うちの将来は微妙なんだ」

河野がため息をつき、ぽつんとつぶやいた。

「公的資金注入は、明らかに金融再生委員会を中心として金融界再編を進める動きだ。格付け機関の動きも加わっている」

高倉は急ピッチの監督官庁の動きを指摘した。

「そうですね」

三上がすぐに同意した。

「大事なことはふたつある。第一は金融再生委員会や格付け機関の圧力によって大胆な金融再編に踏み込むにしろ、忘れてはならないのは、合併・提携・グループ化のメリットだ。ただ両者の圧力に負けて、当面その場を切り抜けるための再編では意味がない。長期的戦略に立って、どれほどのメリットがあるかを考えるべきだ」

「第二のポイントは何ですか」

三上が高倉に尋ねた。

「第二は再編後の中身の問題だ。私はバブル期に経営陣に加わっていた人達が、再編成を機に身を引くことが一番よい選択だと思う。新しいワインには新しい皮袋をということもあるからね」

「するとバブル時代に役員だった人は、総退陣しろということですか」

驚いたように関口が話に入ってきた。

「そうだ。今、日本の国民が求めているのは金融システムの安定にある。預金者の保護もそのひとつだが、もうひとつは二十一世紀を担う新しい産業に対する新しい融資システム、審査の仕方や手法を作り上げることだ」

三上はシステムという言葉を聞いて、一層興味をひかれたようだ。

「いつまでも不動産担保と信用保証協会の保証の上にあぐらをかいていてはいけないのだ。新しい産業に対してリスクを回避しながら、また時には貸し倒れというリスクを負いながらも融資をする。それにはコンピューターや統計学などを利用して過去の倒産状況などをデータ分析し、融資を受けやすい環境作りをすることだ。現在は新商品の開発というと資金の運用面ばかりに力を入れているが、これからは融資面の新商品開発、システム化が勝負になる」

「いつまでも貸し渋り、融資の撤退ばかりでは、心も渋ってしまう」

河野はひとり言のように言った。

「支店閉店、貸し渋り、不良債権の回収の仕事が中心では、何のために銀行員になったかわからない」

関口がすぐさま同調した。

「関口さんの言う通りだ。俺達は企業を育てる夢もロマンも見失ってしまった。そしてリストラの不安に毎日おびえている」

三上は淋しげに目を伏せた。

「みんなそう悲観するな。マイナス面ばかり考えてもしょうがない」

「実は今回の店舗撤退という仕事を通じて考えたことなんだが、これからは銀行の店舗そのものの存在も変わってくるかもしれない」

地元での支店撤退で苦労した高倉が銀行店舗のあり方を話題に持ち出したので、全員興味を示したようだ。

「これからはインストア・バンキングの時代になるかもしれない」

高倉は耳慣れない言葉を使った。

「支店長、なんですか。そのインストア・バンキングとは」

　インストア・バンキングとは文字通りストアの中にある銀行のことを指している。一般の人達は銀行に行くのはせいぜい月に二～三回である。しかしスーパーマーケットには週二～三回行く。そこで、いまアメリカなど金融先進国で行われている新しい金融サービスとして、スーパーに限らず、コンビニ、コーヒーショップなどのさまざまな店舗の中にミニ銀行支店を設営している。それがインストア・バンキングだ。高倉はそこに目をつけて、あけぼの銀行が中小企業や個人を主たる顧客対象とするリテール営業を展開するには、この個人向け金融サービスの拠点としてインストア・バンキングの存在が、勝ち組として残れる大きな戦略と考えていた。

　高倉のインストア・バンキングの概要を聞いた三上は、ぴんとこない疑問点を高倉に投げつけた。

「インストア・バンキングと言っても、日本にだって大きなスーパーマーケットや百貨店の中の一部に銀行の出張所やATMのコーナーがいくらでもありますよ」

「そこなんだ。このインストア・バンキングの問題点は」

　高倉はリテール戦略としてのインストア・バンキングとは、従来日本にもよく見られるガラス張りの仕切られた一区画を占拠しているというイメージではなくて、スーパーマーケットやコンビニの中に行員を二～三人配属して、レジの近くで個人向けのあらゆる金融商品を、売りさばくことに特色があることを説明した。

そこでは銀行、保険、証券の各種商品の他、ローンの相談などもできるようにするのだ。

「すると、インストア・バンキングに配属される人は大変ですね。金融商品すべてにオールマイティーにならなければならない」

これまで企業融資専門のキャリアを積み重ねてきた河野が、大変な専門知識が必要になることを予測して尋ねた。

「そこで君達にもこれからは、今までのキャリアに磨きをかけながらも、個人のお客様にあらゆる角度から相談相手になれるファイナンシャル・プランナーになってほしいんだ」

高倉はあけぼの銀行の行く道はリテール戦略にあると方針を打ち出しながらも、まだ具体的な施策をはっきりと持っていない本部に不安を抱いていた。店舗撤退という大仕事を終えた今、四人に対して銀行員として行くべき道を示唆《しさ》したかった。

たとえあけぼの銀行が金融再編の大きな波にのみ込まれようとしても、一人一人がたくましく生き残っていく道を、最後の支店長として示しておきたかった。

高倉は金融界の厳しい将来を大胆に予測したのをいささか後悔したが、こうした再編の現実はいつ訪れるかもしれないのを彼らに伝えておくのも支店長の使命と考えた。

「ところで支店長、春のレクリエーションの件ですが、幹事と一緒に町会長のところに挨拶に行ってきました。三社祭に参加の件で」

関口は三社祭にあけぼの銀行浅草支店が参加し、神輿を担ぎたいと申し出たことを報告した。

「町会長はオーケーしてくれたのか」

「ええ、オーケーはしてくれました。ただし店を閉じた銀行だから、銀行名の入った揃いの半被は着ないでくれと言われました」

関口はちょっと困った顔をした。

「もっともだ。それでは出来れば全員で参加しよう」

「そのように幹事と相談して取り決めます」

関口は幹事の相談役という立場からか、自信ありげに返事をした。

「頼んだぞ、五月十五日にはまた全員に会えるように」

高倉は今度は撤退という厳しい仕事ではなくて、地元の祭に気軽に参加できるという知らせに、今から再会を待ちわびる楽しさも加わって、思わず微笑がこぼれた。

その後二時間ほどビジネス・サービスに引き渡す段ボール箱などを再点検すると、あとはそれぞれの私物の整理に入った。

いよいよ六十年間営業をしてきた浅草支店と、最後のお別れの時がきた。

「本当にお疲れさまでした」

「四人ともしばらくは上野支店勤務だが、くれぐれも身体を大切に。浅草支店から移管した取引先については、出来る限り面倒をみてあげてくれ」

「支店長もお元気で」

「しばらくは管理本部だから、次の人事異動まで特別な仕事はない。時折り上野には顔をだすよ」

いずれ銀行を去る。その決意を四人にだけは伝えようと思っていたが、ついに口にすることはできなかった。

「お世話になりました」

四人そろって高倉に深く頭を下げた。

「いや、こちらこそ。では……」

わずか一年ほどではあったが、高倉は終生忘れ得ぬ浅草支店を去った。

3

高倉は寿美のマンションに電話を入れ、閉店の挨拶と看病のお礼をかねて午後六時に伺うことを伝えた。初めは銀座にある高倉の知人の店で会食を望んだが、寿美から浅草支店閉店の日だから、浅草で会いたいと言われた。しかし休日の浅草での会食は周囲の目もあるので、寿美自身の申し出で寿美のマンションを訪問することになった。

マンションに向かう前に実家を訪れ、今日で浅草支店長の任を解かれ、浅草を離れることを両親に報告した。

　ついで高倉は支店閉店が大きなトラブルもなく終了したことを、観音様に報告とお礼参りに出かけた。仲見世通りは春の暖かい陽ざしに誘い出されたのか、多くの参拝客で賑わっていた。観光客と覚《おぼ》しき外国人のグループもあった。

　仲見世通りの賑わいを離れて、雷門のすぐ隣にある黒田屋本店の洒落《しゃれ》た和風の店構えの前に立ち止まった。寿美へのお礼の品をあれこれ考えてみたが、黒田屋の和紙小物と決め、店内に入っていった。

　黒田屋本店は、江戸末期一八五六年の創業と聞いている。店内は優美で可愛らしいものから、伝統的な木版画や色鮮やかな絵凧《えだこ》など和紙で作られた様々なもので溢れていた。木版画の絵葉書、和風のレターセット、張り子の人形や民芸品、夏の風鈴、うちわなど、色とりどりの品の中から、高倉は花好きの寿美が好みそうなイソトマの花の木版画を選んだ。イソトマの花を選んだのは、清楚な感じがいかにも寿美にふさわしいものと思ったからだ。

　木版画は大正の頃に刷られたらしく、淡い色調が美しくロマンチックな印象で、インテリアとして和室、洋室どちらにも合うと思った。高倉は大事にその木版画を抱え、雷門から徒歩で二十分ほどのところにある寿美のマンションに向かった。

「私の家は駒形橋と厩橋《うまやばし》のほぼ中間にある墨田川沿いのコーヒー色をしたマンションの八階

です」

高倉は目指すマンションをすぐ見つけたが、この洒落たマンションで自分が介抱されたという記憶がまったくなかった。高熱のせいで頭がぼんやりとしていたんだと思い、八階でエレベーターを降りた。そして一番右側にある八〇一号室のインターホンを静かに押した。

「高倉です」

鳴ると同時に寿美の華やいだ声がかえってきた。

「どうぞ。お待ちしてました」

入り口で出迎えてくれた寿美の服装はいつもの和服ではなく、淡いピンクのワンピースだった。

「今日は先日のお礼にお邪魔しました」

「さあ、どうぞお上がりになって」

寿美が案内してくれた部屋は、ベランダの外から隅田川が見える十畳ほどの居間であった。

「狭い所なんです。でも叔母と二人きりですから、そんなに不便は感じません」

十畳の居間と、それぞれの寝室を兼ねた和室、そして浴室とトイレで構成されていた。

「この素晴らしい見晴らしなら、それだけで充分でしょう」

高倉は居間から春霞がかかっている墨田川の流れに目を転じていた。

「忘れないうちに大事な運転免許証をお返しします」

寿美は高倉の手をつつみこむようにそれを手渡した。

「そうそう、肝心のおみやげを忘れるところだった。これは先日のお礼です」

「ありがとうございます。なにかしら。開けてもいいですか」

寿美は押しいただくように高倉の差し出したプレゼントを手にした。

「たいした物ではないんですが、お礼の気持ちです」

寿美は和紙で包まれたプレゼントを、大事そうにそっと開けた。

「あら、素敵。ありがとうございます」

イソトマの花の木版画を胸に一度抱きしめてから、寿美は居間のサイドテーブルに飾った。

「いろいろと迷ったんです。寿美さんは和服が似合う日本美人だから、最初は着物の小物をと思ったんですが、どうもどんな品を選んだらよいかわからなくて」

「この木版画、とても気に入りましたわ。花模様が素敵よ」

寿美はサイドテーブルに置いた木版画を、しばらく眺めていた。

「気に入ってくれてよかった」

高倉はともかく苦労して選んだプレゼントが、寿美に気に入られたのを見て安堵すると、あらためてお礼の言葉を述べた。

「本当に先日は看病してくださって、ありがとうございました。おかげで支店長会議も無事出席することができました」

高倉は深く頭を下げた。

「もう、そのことはいいんです。何度もお礼なんておっしゃらなくても。私は見るに見かねてしたのですから」

「今日で浅草支店の閉店作業が終わりました」

「今日が最後ですね……」

寿美はテーブルの上にコーヒーを置きながら、淋しげにつぶやいた。

「いろいろご迷惑をおかけしました。地元の人達には不便をかけることになりますし」

「私、正直言って複雑な気持ちなんです」

寿美はそれ以上語らず、なにを思ったのかサイドテーブルからワインを取りだした。

「これ、いただき物なんですけれども、ボルドー地方のワインなの。シャトー・マルゴーよ。高倉さんの支店撤退作戦の無事完了を祝って乾杯しましょうよ」

寿美は手際よくふたつのワイン・グラスを並べ、栓を抜いた。

「乾杯」

高倉と寿美は軽くグラスを合わせた。

二人は寿美の手料理をつまみに酒宴を始めた。

高倉は仕事柄宴席も多かったが、酒が強いわけではない。しかしワインの芳醇な味は口当たりがよかった。

無事作業を終えた安堵感もあって、寿美の勧めるままにグラスを空けた。

一方、寿美も店の雰囲気とは違った解放感からか、酔いはかなりまわっている様子だ。

一時間ほど前まではっきりと見えた隅田川を行き来する船も、すっかり春の闇に覆われ見えなくなっていた。時折り行き交う屋形船の華やかなちょうちんの明かりのみが、大きく川面に映えていた。

「きれいですね。夜の隅田川は情緒がある」

いつしか高倉はベランダに出ていた。

「夏になると、夕涼みのお客さんで屋形船もたくさん出るんです。両国の花火の時は本当にすごいですよね」

寿美もほてった頬を夜風でさまそうと思ったのか、高倉に次いでベランダに出た。

高倉は会話を楽しみながらも、寿美が先ほどもらしたひと言が妙に気になり、その真意を質《ただ》したくなる衝動にかられた。

「寿美さん。先ほどの話なんだけれど、複雑な気持ちってどういう意味ですか」

寿美はすっかり忘れていたことを思い出そうとするかのように、顔をしかめた。

「聞かせてもらえないかなあ。銀行員としても参考になるかもしれませんし」

ほろ酔いかげんの寿美は多少おどけながらも、目はしっかりと高倉を真正面から見つめていた。

「私は高倉さんを立派な方と思っています。最近の銀行は預金者の信頼を失うことばかりしたり、中小企業いじめの貸し渋りでしょう」

「バブル以後はご指摘の通りですね」

「そんな中で浅草出身の高倉さんが支店長さんとして現れ、あの浅草有情のメッセージにもしたためたように地元への恩返しをしたいと。デビットカード導入に力を入れたり、いろいろと地元の人達のために尽くしてくれた」

「やることはやったつもりなんですが」

「そう、だから私は高倉さんを今時珍しい芯の通った支店長、銀行員だと思ったわ」

高倉は寿美にほめられて心が和んだ。

「それなのに今度の件でしょう。いったい銀行はなにを考えているのか。いったい高倉さんは、どんな気持ちでこの仕事をやられたの」

酔いも手伝ってか寿美の声が一オクターブ高くなった。

寿美の思わぬ批判に、一瞬高倉もたじろいだ。

「どうしてなの。私は高倉さん、あなたを尊敬してたんですよ。この前も出過ぎた真似をしした。

寿美に非難されるのはなぜか耐えられなかった。高倉は自分の決意を寿美に伝えることにした。


「寿美さん、覚悟はしているんだ」

「覚悟って何なの」

いぶかしげに見ながら、寿美は高倉の言葉を待った。

「銀行を辞めようと思っているんだ。天下りの頭取に辞表をたたきつけたい。私が浅草の出身であることを承知していながら、幕引きをやらせた連中に対してもだ」

支店撤退での様々な出来事が、頭の中をかけめぐった。屈辱の日々の中で身体も心もぼろぼろになっていった日々。その声はうめきにも似ていた。

「それはいけないわ」

寿美は高倉の方に向き直った。

「なぜ」

「高倉さんらしくないわ。私は反対です」

唖然としている高倉に寿美はさらに続けた。

「銀行を、支店長を辞めてどうなるの。高倉さんがこれからやらなければいけないのは、バブルに汚れた銀行を立て直すことよ。大変でしょうけど、銀行に残って組織の悪と戦ってください」

寿美は泣き出さんばかりに高倉に懇願《こんがん》した。

「組織と戦うと言っても、私一人ではあのバブルに汚れた銀行の信頼を回復させるのは、無理だよ」

「高倉さんなら、できると思います。信じている」

寿美はにらみつけるように高倉を見つめた。

「私は早くに両親をなくしたから、高倉さんには強い父親のような姿を求めているのかもしれない」

高倉は寿美の言葉につき動かされるのを感じた。新しい銀行のために、若い行員たちのために、もう一度銀行員として生きてみよう、そう心から思うことができた。

「今日は本当にありがとう。寿美さんのお陰で勇気が湧いてきました」

高倉はできれば寿美ともっと一緒のひとときを持ちたいと思ったが、これ以上長居すると、寿美に余計な負担をかけると考え、帰ることを告げた。

「高倉さん、お願いよ。決して銀行を辞めないでください。そして、組織の悪と戦って……」

高倉は寿美の言葉に大きくうなずいた。

「戦うのに疲れたらいつでも葉月に来てください。私はいつでもお待ちしていますから」

高倉は自分の人生に強い味方が出来たことを心強く思いながら、マンションをあとにした。

4

四月十九日、高倉は閉店作業終了の報告と、新しい職場である管理本部に出向くため本店に向かった。

大手町の地下鉄駅から本社ビルに向かう間、高倉は顔見知りの行員何人かに会った。

「高倉さん、このたびは本当にご苦労さまでした」

「お疲れでしょうに、もうご出勤ですか」

大規模な閉店作業は、あけぼの銀行にとって初めてだっただけに、本部でも関心の高いものだったはずだ。浅草についで、これから銀座、西梅田といった代表店舗が閉店する。そして、これから二〇〇一年までに六十店舗の統廃合を行うことになっているので、本部詰の行員にとってもその成果は他人事《ひとごと》ではない。

本日付で管理本部付主任調査役になった高倉は、六階にある管理本部に入り、直接の上司にあたる木村に挨拶した。

「高倉です。これからお世話になります」

「浅草支店の閉店、ご苦労さまでした。取引解消先も少なく、大きなトラブルもなく、よかったですね。大成功だ」

木村は機嫌よく脇にある四人掛けのソファに高倉を招いた。

「大変な仕事を終えたあとなので、しばらく休みでもとってもらおうと思っていたんだが……」

高倉は二〜三日休んで妻と温泉旅行することを計画していたので、木村の言葉に身構えた。

「君に急に頼みたい案件が出てきたんだ。部下を二人つけるので、特命事項としてやってくれないか」

「審査ですか」

「若い頃、敏腕の審査マンとしてならした手腕を見越してだが」

「どこの審査ですか」

「池袋支店が融資しているつばきゴルフ場に関するものだ。支店から追加融資二十億円の申請がきている。君も承知の通り、あのゴルフ場は当行でもいろいろ噂があって、この際きちんと内容を調査し、問題点を絞り出して結論を出そうと思っている」

「あのゴルフ場には田口頭取がよく行っていると聞いてますが……」

「田口頭取のお供で、塩田専務や側近がほとんど毎日曜日プレイしているそうだ」

「私も何度か塩田さんに誘われました」

「それで行ったのか」

　木村は警戒する目つきをした。この審査はゴルフ場に関係のない者に、白紙の立場で審査させたかったようだ。

「いいえ、特にこの一年はゴルフとは無縁でしたので」

「それはよかった。高倉君、君がゴルフ場を審査することは、この管理本部でも内密だ。私と副部長の二人だけが知っている。田口さんに知られたらまずいので、注意して行動してくれ」

「実は私もあのゴルフ場には何か裏があるとにらんでいました」

「結論を急ぐんだ。君なら十日ほどでできるだろう。ゴールデン・ウィーク前には調査結果が欲しいんだ」

「若返ったつもりで早急に取り組みます」

「頼む。くれぐれも内密に」

　高倉は力強くうなずいた。

「今日一日は君も閉店の挨拶回りもあるだろうから自由にしていいが、明日から頼む。この部屋に出社してこなくてもいいから、急いで調べてくれ」

「わかりました」

高倉はかねてから行内で噂になっているつばきゴルフ場の経営内容を調査することで、一《いっ》矢《し》報いてやろうと強く決意をした。

思わぬ使命だったが、こんなに早く反撃の時機が到来したことに気分が高揚した。そしてこの仕事が銀行の浄化、改革の第一歩となることを固く信じることができた。

——妻との旅行もまたおあずけか。

高倉は苦笑した。

木村の率いる管理本部は主に融資・審査を所管する本部の中枢部門である。

管理本部は大きく分けると、融資部と管理部より成り立っていた。

融資部は取引先に対する与信取引などの総合取引方針の企画立案・推進・管理、そして各ブロック・支店ごとに五部に分かれ、当該ブロックや支店の取引先に対する与信の審査・管理を行っていた。

一方、管理部はバブルで崩壊した不良債権の回収・処理でいちやくこれまでの地味なポストから脚光を浴びたところである。ここは取引先に対する与信の審査・管理・債権の保全・管理を業務としていた。最近では不良債権の処理が支店任せでは効果が上がらなかったため、問題案件は本部で集中して一括管理して処理を早めていた。「回収屋」とも行内で呼ばれている管理部には、債権管理にも法律にも精通した強者《つわもの》が集まっていた。

管理本部では、国際投融資業務に関する与信のリスクに関する企画・立案・管理も行っていた。

高度成長期には資金不足のため、審査・融資部門のポストは花形だったが、バブル期においては、押せ押せムードの積極融資の中で営業推進本部に勢いは押されてしまっていた。

ところがバブル崩壊後、不良債権の早期処理と防止が銀行の生命線ともなってきたので、その地位や権限が再び注目されるようになった。銀行業界では審査の復権と呼ばれている。

5

特命事項の要請を受けたあと、高倉は支店閉店の報告を、会長、頭取始め関係部署にすることにした。

「会長、おはようございます。高倉です」

「おお、高倉君か、今回は本当にご苦労さま。まあ座りたまえ」

進藤は撤退作戦の最中、高倉から辞表を受け取ったままになっていることを、すっかり忘れているかのようだった。

「腰の具合はどうですか」

「ここのところ晴天続きなので、まあまあ調子がいい」

「それはよかったですね」

高倉は心から喜んだ。

「次回の人事異動で再び支店長として支店に出てもらうことになるが、それまではゆっくり休養してくれ」

久しぶりに会った高倉を見て、進藤は撤退作業中よりも顔色がよくなっていると安心したように言った。

高倉は進藤にだけは、特命事項について話しておこうと思ったが、口外無用の木村の言葉を守ることにした。

「せっかくの機会なので、少し休ませていただこうと思います。連続休暇も取っておりませんので」

連続休暇とは銀行員の不正防止とリフレッシュのため、全行員に一年に一回、一週間連続して休暇をあたえるシステムである。特に顧客とのトラブルや事務の取り扱いについて、担当者が一週間休んでいる間にほかの者が代行することによって、不正を防止しようとするものである。

突然進藤は姿勢を正して高倉のほうに向かった。高倉は一瞬驚いたが、それを意に介さずに進藤は声をひそめて言った。

「高倉君、次の株主総会で私は会長を辞めるつもりだ」

「本当ですか」

銀行をこよなく愛し、取引先にも行員にも人望のある会長に辞められるのは、この銀行の先行きが不安でならなかった。それ以上に高倉は大きな後ろ盾である理解者を失うことになる。

「そのつもりだ」

「相談役にはおなりになるのでしょう」

「相談役にも名誉顧問にもつかない。いっさい銀行から身を引く」

「それはまたどうしてですか」

「君のことだから今の金融界の流れは十分知っていることと思うが、頭取や会長を務めた者が、その後も相談役、最高顧問、名誉顧問などの肩書きをもらって、いつまでも銀行にしがみついていてはまずいんだよ。金融再生委員会からもリストラ計画提出の際に、暗にそれを求められているんだ」

「それに従うんですか」

「彼らの指示で辞めるのではなくて、これはあくまで私自身の考えから出たものだ。引退したら、これまで苦労をかけた妻と旅行にでも行きたい」

「しかし、みなさんが納得されますか」

「老兵は黙って去るのみだ。これからは君達の時代だ。この前、君から預かった辞表は破いておいたよ。いいね」

「破かれたんですか……」

高倉はこの瞬間、寿美に言われた言葉が蘇った。銀行を辞めないで。組織の悪と戦って。高倉は進藤の引き際のよさ、すがすがしさに感動を覚えた。銀行のために身を引く。やはりこの人は信じてよい人だった。だが、これまで後ろ盾となってくれた進藤の引退宣言について、淋しさと不安とを感じた。

現場出身の進藤に会長の座を去られてしまっては、あけぼの銀行は現場事情にまったく疎《うと》い人達によって運営されることになる。それでは銀行が危ない。新しい時代こそ現場出身者の考えが必要だ。それには自らが強くなり、時には本部という大きな組織に対して戦わなければならないとふたたび決意を固めた。

頭取室は、会長室とは廊下を隔てた向かいにあった。

「頭取、いろいろとお世話になりました。おかげ様で昨日、浅草支店の閉店作業が終わりました」

高倉は田口に一礼した。

「だいたいうまくいったようだね。金曜日に大下常務から報告があった」

田口は淡々と話していたが、会長のように部屋に招き入れ、ゆっくり撤退の実情などを聞く風情《ふぜい》はまったくなかった。

高倉はこの機会を逃さずに尋ねようと思っていたことがあり、口を開いた。

「以前からぜひお聞きしたかったことがあるのですが」

「何だね。あらたまって」

「頭取は私が浅草の出身であることをご承知で、私に最後の幕引きをさせたんでしょうか」

「支店長がどこの町の出身かなど、いちいち覚えていない。第一、私は大蔵省から来た人間だ。そんなことを覚える必要もない」

天下り組は行内人事になるべくふれない、それはプロパーの人間の仕事だというのが田口の持論のようだ。

「私だって好きこのんで、こんな銀行に来たわけではない」

何を思ったのか、田口は不機嫌になり、思わぬ本音を洩らした。

「君も大蔵省に友人がいるなら、その辺の事情を少しはわかると思うが、なぜ私がこの銀行に飛ばされたのかわからない。もっと内容のよいところに行けるなら、行きたかったよ」

高倉は、田口の口から本音を聞いてショックを受けた。好きでこんな銀行に来たわけではないという、いかにもあけぼの銀行とその行員や取引先を見下した発言、高倉は思わずかっと頭に血がのぼったが、頭取室の中ということを弁《わきま》えて我慢した。そして礼だけを告げて、そそくさと退室した。

——こんな不見識で無責任なトップの下では、うちは危ない。

高倉はその足で塩田のところにも足を運んだが、あいにく支店に臨店中で留守だった。十一階の役員室を出て、高倉は閉店作業の本部側の総元締めである、経営企画部の大下の所に向かった。

「本当によくやった。ご苦労さん」

大下は高倉を喜んで迎えてくれたが、高倉はこの人物を尊敬できなかった。東大法学部卒のエリートを自任している大下だが、現場の支店経験は少なく、秘書室長、人事部長、経営企画部長を歴任したが、支店の実情には疎く、支店長たちからの評価は低かった。

その反面、会長、頭取、専務などの上司にはうまくつくろい、上に弱く下に強く当たる官僚体質丸出しの男だった。

浅草支店の撤退でトラブルもなく取引解消先が少なかったのを、現場の努力の賜物とするよりも、むしろ自分達の指導の成果と強調したがっていた。

全行に流す行内ビデオの撮影、放送も、大下ならではのしたたかなビジネス手法であったろう。

わずか半日のあいだで、妙に疲れを覚えた。やはり気苦労の多い本部詰より、一国一城の主である支店長の椅子が懐かしく恋しかった。

6

「高倉支店長、お久しぶりです。お元気ですか」

「おお、河野君、関口君も。そちらはどうだ。浅草支店のお客様とはトラブルはないか」

「何とかやってますが……」

関口はいつもの彼らしくない張りのない声で答えた。

「どうしたんだ」

関口が返答に窮しているのを見かねて、河野が代わりに返事をした。

「この三社祭に参加するのに、ひと悶着《もんちゃく》あったんです」

「何があったんだ、河野君」

「上野支店に異動した浅草支店にいた人達が、春のレクリエーションを兼ねて三社祭で神輿を担ぎたいと、関口さんが代表して北村支店長に許可を求めに行ったんです。そうしたら……」

「どうしたんだ」

高倉は、関口に尋ねた。

「北村支店長に、閉店した店の地域におめおめ行って神輿を担ぐなんて、地元の人達の反感を買うだけなのでやめろ、と言われたんです」

「それでも来たんだ」

「お叱りは覚悟の上で、河野と相談して来ました。支店長も待っておられるし、それに僚店にばらばらに散った、かつての仲間とも会えると思って」

「いろいろ辛い思いをしているんだ。すまん」

「支店長が謝ることなんかありません。結構みんな楽しくやっています」

河野が高倉の心配を打ち消そうとして、そばにいる野口たちに声をかけた。

「なあ、そうだろう」

「大丈夫ですよ、支店長」

野口がすぐに河野の言葉に応じた。

「もうその支店長というのはやめてくれよ。支店長じゃないんだから」

「そうおっしゃいましても、支店長は支店長。今日は昔の浅草支店です」

いつの間にか輪に加わった加藤道子が、甲高《かんだか》い声をあげた。

「ミッちゃん、今日は浴衣だね。似合うよ」

「恥ずかしいわ」

旧浅草支店、全員が集まっていた。

「今年は銀行名の入った半被を着られず残念だなあ」

高倉は昔の仲間の顔を見て元気を取り戻した関口に言ってから、集まった連中全員に声をかけた。

「さあ、神輿を担ぎに行こう。みんな行くぞ」

高倉達は三社の神輿が通る雷門通りに向かって、勢いよく駆け出していった。

いなせな若い衆が神輿の台の上にのって、「せいや、せいや」と大声をあげる姿は、絵巻そのものだ。神輿ファンが大勢つめかけ、祭を盛り上げている。

——ミッちゃん、関口、河野、三上、みんな元気に担いでいるなあ。

高倉は額も頬も汗まみれになりながら、かつての仲間の雄々しい姿を一人一人確かめるように見ていた。

「せいや、せいや」

額の汗に混じって、高倉の頬はいつしか涙で濡れていた。

——浅草の人達、すいません。店を閉じてしまって。

関口や河野達の顔も紅潮していた。

——浅草生まれではないけれど、彼らだって立派な三社さんの氏子だ。みんなに幸あれ。

高倉は神輿を担ぎ、掛け声をはりあげる人の群れの中で、一人思わず「幸あれ、幸あれ」と叫び続けていた。

「支店長、寿美さんがいますよ。ほら、あそこに」

関口が叫んだ。

高倉は神輿を担いでいる右手をはずして、大きく手を振った。

「寿美さん！」

神輿の担ぎ手の大合唱の中、高倉の大きな声も届いたかはさだかでないが、寿美もこちらを見て大きく手を上げたのが見えた。

その姿を見て高倉は、何度も何度もうなずいていた。

第八章　宴の果て

1

高倉は管理本部融資三課の若手調査役二人と共同で、つばきゴルフ場の審査に着手した。

ゴルフ場の経営内容、なかでも追加融資二十億円の資金使途は、当のゴルフ場の開発母体である建設会社への迂回融資であることが、審査開始二日目で判明した。

調査を進めていく過程で、いままで出ていない多くの事実が明らかにされた。

一九九〇年三月にオープンしたゴルフ場に対して、銀行は親会社である建設会社を通じて約四十億円の開発資金を融資していたが、その資金は条件通り返済されていなかった。表面上は金利も含め、借りた金額はいったん返済した形をとってはいるものの、数日を経ないうちに金利分をさらに上乗せした額が再び貸し出されていた。しかもその返済に充てた資金の一部は、数日間であるけれども系列のリース会社から無担保で建設会社に貸し出されていた。

「これでは実質は延滞債権だ」

一緒に作業を進めている宮田が、同僚の三浦に語りかけた。

「私もそう思いますが、実にうまく仕組まれています。リース会社からの融資は正式な書類が上がっているのですかね」

「三浦君も宮田君も、そう結論を急ぐな」

リーダーの高倉は問題融資の解明を急ぐ二人をたしなめた。

「次に調査してもらいたいのは、このゴルフ場の現状での収支状況、それにオープン時に発行した預託金の総額、件数、その償還期限だ」

「会員募集のパンフレットを見ますと、田口頭取が掲載されてます。理事長として」

「なに、理事長だと」

「古くなってますが、写真入りで」

「どれ、見せてみろ」

高倉はゴルフ場のパンフレットを、三浦からひったくるように奪い取った。

「確かに田口頭取が理事長だ。それに塩田専務も理事に名を連ねているぞ」

「本当だ」

宮田も驚いて、パンフレットを見つめた。

「銀行の現職役員がゴルフ場などの理事長になるには、当然取締役会の承認が必要なはずだ。これは正式に承認を得ているのだろうか。当時の議事録を調べるしかないが、我々は議事録が保管されている秘書室にはいることさえできない。木村専務に、あたってもらうしかないかもしれないな」

　高倉は三浦と宮田に、この件は自分が責任を持って調査するので任せてほしいと言い、次の問題に入った。

　バブルが崩壊し始めた頃の会員募集だけに、会員権そのものが急落していることも明らかになった。

「縁故募集が一千万円、オープン記念が三千万円、現在時価は八十万円です」

　三浦は最近のゴルフ会員権相場表の一覧表を手にして、赤色のマジックで大きくこのゴルフ場の会員権相場の時価を囲んだ所を指した。

「当時の池袋支店長は自ら率先して会員権を売り歩いたので、取引先によってはゴルフをしないのに会員権を買わされた人もいるようです。しかもローン付きで」

　宮田は今度は銀行のゴルフ・ローン借入先一覧表の中から、このゴルフ場の会員権ローン借入の該当者を数十名見つけて提出してきた。

「ローン借入者三十名、うち二十名は利息さえも入っていません。明らかに延滞です」

「ローンまで一部延滞か」

　高倉は二人の顔を交互に見ると、深いため息をついた。

「こんな状況なのに、よく池袋支店長は平気で追加融資二十億円を上げてくる」

三浦がすかさず応じた。

「まったくめちゃくちゃですね」

「担保物件はゴルフ場の借地権となっているし、収支予想表はあまりにも杜撰《ずさん》な計画だ。第一、現状では毎日こんな数の入場者を見込めるわけがない。一日平均四百人なんて無理に決まってますよ」

ゴルフ好きだという宮田が憤慨した。

「企業の接待交際費も削られ、今ではどこのゴルフ場も人集めに苦労している。平日はせいぜい八十ないし百名がいいところだろう」

高倉もそれに答えた。

若い二人の調査役は、計数面でのチェックに入っていたが、高倉は経営不振に陥っているゴルフ場をなぜ田口達がよく利用しているのか、わからなかった。

何か隠されている。木村専務が特命事項として、私に調査を命じたのもそのためだ。もしかすると田口、塩田、安田らへの疑惑融資や癒着の壁にぶつかるのではないかと高倉は予感した。そうだとすると、裁判において高倉は原告に立つことになるだろう。

その時には経営の実権を握っている田口頭取、塩田専務らを敵に回すことになる。高倉は武者震いがした。今こそ銀行の未来のために立ち上がるのだ。

高倉はあの夜に寿美に言われた「組織の悪と戦って」という言葉を思い出していた。

――銀行の将来のためにも、この問題は先送りすべきではない。

高倉は決心すると、若い二人の調査役に細かい事業計画にもとづく収支予想表や予想資金繰り表のチェックを任せて、木村に会うために役員室に向かった。

「専務、例の件は審査中ですが、調べていただきたいことがあるのです。田口さんがゴルフ場の理事長に、塩田さんが理事に就任していますが、正式に取締役会の承認を得ているのでしょうか」

高倉は専務室に入るなり、木村に取締役会議事録の調査を依頼した。

「ほほう、理事長と理事に……。理事長就任について取締役会に諮《はか》ったというのは、私の記憶にはないね」

木村は顔をしかめた。

「現職の頭取や専務が取締役会の承認を得ないで、取引先のゴルフ場の理事長や理事になる。しかもそのゴルフ場は池袋支店で巨大な融資を行い、実態は不良債権化している。そのうえ追加融資を、です。しかも会員権購入の取引先の中にはローンで借入したが、会員権の暴落で担保割れしているところもあり、一部はローンが延滞してこれもまた不良債権化している。見逃しますと、将来多額の償却に至る不良債権が発生しかねません」

「取締役会の議事録の件は、私が秘かにあたってみる」

「よろしくお願いします」

木村はすぐさま、議事録を取り寄せて調べたようで、高倉が席で次の仕事にとりかかっていると、電話がかかってきた。

「木村だ。やはり取締役会にはかけられていない」

木村はゴルフ場オープン前後三年間の議事録すべてを調べたことを告げた。

「大変なことですね」

「これから会議が始まるので、あとでまた電話する。この件は銀行内では話しにくい。今晩七時、パレスホテルで会おう。部屋をとっておく。フロントで聞いてくれ」

「では七時にパレスホテルにて、お待ちしてます」

2

高倉は四〇六号室で木村を待っていた。

木村はやや緊張気味に部屋に入ってきた。

「やあ、すまん。退室間際に会長に呼ばれて」

「何か特別な用件でもおありでしたか」

「会長はここのところまた腰痛がひどく、明日の新宿支店主催の取引先のパーティに代わりに行くよう言われただけだ」

　高倉は会長が心配だったが、木村は気にも留めない様子で本題に入った。

「現職の頭取や専務が銀行のグループ会社でない企業の役員に就任することは、たとえ非常勤でも問題だ。銀行法第七条では『銀行の常務に従事する取締役は、金融再生委員会の許可を受けた場合を除くほか、他の会社の常務に従事してはならない』と定められている」

「銀行法に違反するとか、金融監督庁の事前了解を得ているかという問題以前に、取締役としての責任が問われる可能性が高いのではと思いますが」

「と言うと、どんな点かね」

「商法上は善管注意義務、忠実義務、競業避止義務、自己取引禁止義務の四つの義務がありますが、今回のケースはその義務違反の他に特別背任罪に当たるかもしれません」

「私もそれを心配していたんだ。商法四八六条の特別背任罪に該当するかもしれん」

　木村は銀行の経営者として、その立場を利用して、権限の濫用による特別背任罪などの不正行為が世間に公表された場合、著しく銀行の信用を失墜させ、預金者が不信感を持ち預金が流出するという異常事態が起こるのを心配している、と言った。

「この商法による特別背任罪の成立要件が問題です」

「と言うと」

「三つあります。第一は任務に違反した行為をしたこと。第二は財産上の損害が発生したこと。第三は故意の他に自分が利益を得る目的、第三者に利益を与えようという目的または会社に損害をかけようとする目的が必要です」

「いわゆる犯罪の成立要件というやつだね」

「銀行の場合、そうした疑いが世間に公表されるだけでも信用を失います」

「問題は頭取が就任した、ゴルフ場の理事長という地位だ。ご本人は塩田や安田に頼まれて、やむを得ず理事長に就いたと思うが」

「しかし仮にも銀行の頭取たる人が、そうやすやす側近の口車に乗せられるとは思いませんが。裏で金銭が動いている可能性はありませんか」

「それは何とも言えない。しかし、塩田専務は池袋支店長も経験しており、池袋支店の業績拡大に力を入れていたのは事実だ」

「ゴルフ場建設や会員権の募集に関しても、積極的のようでした。預託金の一部が協力預金として店に入り、それが預金額を大きく押し上げているのではないですか。池袋支店が連続して表彰店舗になっているのはもっぱらの評判です」

高倉は塩田が営業推進本部長に就任して以来、池袋支店がこの二年間で連続四回も店舗表彰されている事実を思い出して言った。何が何でも計数だけは目標を達成するという強い塩田の意志と、それに従った支店長を優遇しようとする下心が見えていた。

「すると田口さんは利用されたのか」

木村が塩田を敵視しつつも、自分の人事権を握っている田口頭取とは対立したくないと思っている様子を高倉は感じ取った。

「しかしトップですからね。しっかりした見識を持たないと。たとえ天下りでも、トップはトップの責任があります」

高倉はトップの責任を追及することを求めた。木村は高倉の厳しい姿勢に押されるかのように、この問題の処理を自分の担当している融資部門から着手する決意を固めたようだった。

「私としては、このゴルフ場への追加融資は拒否するつもりだ。これ以上不良債権を発生させては、金融監督庁や金融再生委員会、マスコミから何を言われるかわからない」

「それで、どう動きますか」

木村の決意を実行に移すために、高倉は具体的な方法に注目した。

「君達のレポートを連休明けの最高経営会議に提出する。この会議で次期頭取を含め、役員交替の人選が行われることになっている。今年は役員数もリストラで大幅削減されるので、関連会社人事も含めて大変だ」

「そんな場でレポートを発表してもよいのですか」

高倉は慎重だった木村が、性急にことを進めようとするのを内心喜びながらも、調査結果の公表の場やタイミングを心配した。

「むしろその場しかない。田口さんや塩田にかかわる問題だからね。会長が出席してくれるとよいが、体調が心配だ」

木村は取締役会で一人孤立しないよう、進藤の出欠を気にしている。しかし一人でも戦う決意は緊張した顔つきからも察せられる。

「いよいよ専務も立ち上がるのですね」

高倉は傍観主義にも見えた木村が、銀行の浄化に立ち上がるのを見て感動を覚えた。

「銀行をよくするには、公的資金だけではだめだ。内部から改革しなくては……。トップが疑惑に包まれていては、リストラをされる人達はたまらない」

「浅草支店の閉店も現場の声をまったく聞かずにいきなり撤退命令、これでは上に対して不信感を募らせるばかりです」

高倉は現場の支店長の意見や実績を無視して決定した本部のやり方に、再び大きな不信を募らせた。

木村は高倉に同情を示した。そしてなんとしても高倉達の力を借りて、不良債権発生の防止や疑惑融資を解消したいと告げた。高倉は木村が自分を強力な協力者であり、頼りにしてくれているのを感じた。

「君にはいろいろ苦労をかけた。でも、次の異動まで、君がうちの本部にいてくれるおかげで事件が解明できそうだ」

「運命のいたずらですかね」

自分を窮地に追い込んだ田口や塩田を退陣に追い込めることを確信しながら、高倉は豪快に笑った。

「まったくその通りだ。ぜひ早いうちにレポートをまとめてくれ」

高倉は木村の並々ならぬ期待を感じ、行内改革のためにも全力を挙げることを心に誓った。

二人の会話は小一時間ほどで終わった。高倉は五月七日に行われる最高経営会議での結果が楽しみだった。そして、連休前までに二人の調査役を指導して、調査結果をまとめることに専念することにした。

3

次期頭取を含む役員人事を内定する最高経営会議は、五月の連休明けの七日午前十時より役員会議室で行われた。

最高経営会議への出席メンバーは進藤会長、田口頭取、天野副頭取、塩田、木村両専務、事務局を束ねる大下常務、そして今回は関連会社の役員人事の決定も議題にあるため、岡野取締役人事部長もオブザーバーとして出席していた。

進藤会長が円卓テーブルの中央に座っているのをいち早く発見して、木村は安堵した。

事務局の大下が立ち上がって、全員に最敬礼した。

「本日の議題は、関連会社役員を含めての役員人事でございます。ご参考までにこれからの日程を申し上げます。当会議に引き続き十一日は取締役会、そして三月期の決算発表を二十一日、五月二十七日にI・R説明会、六月二十九日が株主総会、となっております」

I・R説明会とは、銀行界でも耳慣れない言葉だが、投資家向けの広報活動を意味している。近年格付け機関による格付け評価が銀行株の動向を大きく左右することを睨み、市場における信頼を得るために、頭取自身が積極的に証券アナリストなど専門家やマスコミなどに対して銀行経営の現状や将来性について具体的な話をし、その理解を深めてもらうための説明会といってもよい。

「では頭取、よろしくお願いします」

「今回の役員人事は先の公的資金注入に際して、金融監督庁や金融再生委員会に提出したリストラ計画に沿って、役員数は二十八名に減らします。辞められる役員に関しては、関連会社への転出を中心に行いますが、関連会社も手一杯、一部の方には退任という線も考えております。さて……」

田口が次の言葉を発しようとすると、突然隣席の進藤がさえぎるように発言した。

「田口君、この際私はおろしてもらうよ」

「それはどうしたわけですか」

「体はご覧の通りだが、まだ大丈夫だ。しかし私も七十歳だ。ここらが潮時と考えてね」

田口は突然の会長引退宣言を聞き、大いに戸惑ったようだ。

「会長、ご退任と言いましても、まだ十分お若いのに……。それは困ります」

「私は会長を辞める。相談役にも就かない。一切銀行の肩書きは外してほしい」

「でも、従来から会長をお辞めになられたあとは、みなさん相談役、最高名誉顧問となられておりますが」

大下が事務局の立場からか口を挟んだ。

「大下君、君はまったくわかっていない。私達が会長を辞めてもいつまでも相談役だ、最高名誉顧問だとして残ってごらん。あとを引き継ぐものがやりづらいだろう。いつまでもこうした慣行を続けていては、リストラに苦しんでいる若い人達にも申し訳がたたない」

進藤の予期せぬ強硬な申し出に、大下は困惑の表情を見せた。

「金融監督庁や金融再生委員会も、それを求めているだろう。その方が君も役所との折衝がやりやすいはずだ。どうかね、この際田口君、君も私と一緒に辞めては」

「私がですか。なぜです。老人の道連れはごめんです」

進藤からいきなり自分の退任を口にされて、田口はむきになって反発した。

「出席している諸君に、お詫りしたいことがある。うちの池袋支店の取引先であるつばきゴルフ場の件だ。この田口さんが取締役である我々に相談せず、無断で理事長に就任している。また塩田君も理事についている。さらにこのゴルフ場の融資には、金利負担分の追加融資を含め、疑惑と見られる融資が五十億円もある。さかのぼってみると塩田君、君が支店長であった八年前からだ」

進藤はいきなり田口と塩田のゴルフ場経営に関する疑惑融資について追及し始めた。

タイミングをはかっていた木村は、時機到来と会長の言葉を継いだ。

「問題となっているゴルフ場の融資に関して、この二週間、あるチームに全面考査を依頼したところ、特別背任の色が濃いという結果が出ました」

木村は高倉らが作成した二枚にわたる考査レポートを、出席者全員に手渡した。

レポートにはコンパクトにゴルフ場経営の実態と銀行取引の経緯がまとめられていた。

三年前に塩田が取締役融資部長だった頃、一年間にゴルフ場の十八ホール増設工事資金として十五億円、十億円と二回にわけて、合計二十五億円が融資された。しかしゴルフ場は九ホールの増設工事しか着手せず、貸し出された資金がいつの間にか帳簿上から消され、実質的にはその返済はまったくなされていなかった。つまり表面上は一括返済の形を取っているものの、数日を経ずして金利分を含めて追加融資がなされていたのである。

さらに出席者を驚かせたのは理事長である田口、理事の塩田が一年間にじつに六十回もゴルフ場を訪れ、しかもプレイ代を含め食事代、帰りのハイヤー代まで、すべてゴルフ場もちで無償で供応を受けていたことであった。

その金額は七百万円を超え、高倉らが調査した結果、これらの金額は仮払金で当初は処理し、その後は会員権の販売促進費として科目変更されていた。

「田口君、君にもいろいろ言い分はあるだろうが、これだけの資料が揃っているんだ。この際経営陣の若返りと、リストラ計画推進の大義名分のもとに一緒に辞めたらどうか」

田口はこれだけ外堀を埋められては、会長達に対抗出来ぬと考えたのか、深くうなだれたままである。ところが塩田は、形勢不利にもかかわらず反発し始めた。

「木村、こんなでたらめなレポートを作成して俺を陥れる気か」

青筋を立て怒ったが、会長が塩田を一喝した。

「塩田君、往生際が悪いぞ。即刻辞めたまえ」

役員会議室は会長の大声で静まり返ったが、会長は構わず役員人事の構想を提案した。

「頭取は天野君、副頭取は木村君、専務は大下君と新常務は新橋支店の前川君、あとの関連会社などの役員人事は天野君を中心にして決めたまえ。これで異存はないかね」

会長のスピーディな議事の運びに、田口と塩田以外の役員は賛意を表した。

役員人事は取締役会でも報告され、五月二十一日の決算発表と同時に新役員が公表された。

高倉は株主総会後の人事で執行役員の新橋支店長として復帰することになった。

高倉の執行役員任命に関しては新頭取天野、副頭取木村の強力な推薦があった。

4

一九九九年七月九日、夕刻七時から和食処葉月で旧浅草支店の有志が集まった。七月一日の人事異動で新しく執行役員になった高倉、竹の塚支店長に昇格した小野、そして千住支店の副支店長に昇格した関口と、依然として上野支店にとどまりながら旧浅草支店の取引先の融資面を担当している河野と三上の五名が集まった。

この日は浅草寺境内ではほおずき市が立ち、仲見世通りは多くの人で賑わっていた。ほおずき市は七月九〜十日と二日間続いて行われる。この二日の間に参拝した人は、一回の参拝で四万六千回分お詣りしたのと同じご利益があると言われていた。

そのため四万六千日の名で親しまれ、ご利益とほおずきや風鈴を求めて、遠くから参拝客が集まった。

「寿美さん、観音様でほおずきを買ってきましたよ」

店に先に入っていった関口が、寿美に赤く色づいたほおずきの鉢を差し出した。

高倉は関口が副支店長になって、仕事に意気込みを見せているのを内心喜んだ。

「今日は皆さんの昇格のお祝いでしょう。関口さん、まずは副支店長ご昇格おめでとうございます」

関口と寿美が挨拶を交わす後ろに高倉をはじめ、小野、河野、三上らが控えていた。

寿美は高倉の顔を見つけると、軽く会釈し素早くとんできた。

「おめでとうございます。高倉さん」

高倉は高まる気持ちをやっと抑え、笑顔で寿美を見つめた。

「ありがとう、寿美さん。小野君も今度は竹の塚の支店長だ。よろしく」

高倉は小野を寿美の前に連れ出した。

「小野支店長さん、おめでとうございます。さあ、奥へどうぞ」

寿美から支店長と呼ばれ、小野もうれしそうに座席へと足を運んだ。

奥の座敷にはすでにビールが置かれ、お祝いのために大きな鯛がテーブルの上に置いてあった。

幹事役の三上が音頭をとって祝宴が始まった。

「本日は旧浅草支店の役席の有志の方々にお集まりいただき、ありがとうございます。これから高倉、小野両支店長と関口副支店長の昇格のお祝いの会を開きます」

祝賀会は、旧浅草支店で苦労を共にした人達の会合だけに最初から盛り上がった。

なかでも支店長、副支店長にそれぞれ昇格した小野と関口は元気がよかった。

「小野さん、今度初めてわかりました。副支店長の苦労が」

関口は小野にビールを注ぎながら、同意を求めた。

「ああ、私もやっと高倉さんの苦労や支店長の仕事がわかりかけてきたところだ」

小野も関口の言葉に同意し、高倉に感謝の気持ちを向けた。

「次は河野と三上だ。浅草の取引先のお世話もあるので、あと半年は辛抱かなあ」

高倉は河野と三上とを気遣いながら、交互にビールを注いだ。

宴もたけなわになった頃、河野が全員に語りかけた。

「いったいバブルとはなんだったんでしょうね」

一同河野の突然の発言に、水をうったように静かになった。

一九八〇年代の後半から始まったバブルは、またたく間に大きくなり、一九九〇年代の前半から消え始めた。

「うん、このビールのようだ」

高倉が河野の言葉にまず答えた。

「いま我々は、おいしいビールを飲んでいる。これをあの時代は日本人一人一人がおいしく飲んだのだ。しかしこの飲み残したのを明日飲んでごらん。飲めたものではない。これがバブル崩壊後の不良債権なんだ」

関口や河野が高倉に相槌を打った。

「それでこれから銀行は、いや、わがあけぼの銀行はどうなるのですかね」

三上が口をはさんだ。

「まず営業戦略の確立が大事だが、その前に不良債権問題をいち早く処理して、体質を強化し、体質の強い銀行と合併するか、地域で大同団結して提携することになると思う」

「相手先はどこですかね」

「今はわからないが、ビッグバン、ペイオフまであとわずかしかない。それまでにはきちんと双方の長所を生かせるように決めることが大切なんだ」

高倉は持論であるペイオフ、ビッグバンの本格到来までに、金融再編成の大波が訪れることを説いた。あと一年半の間にあけぼの銀行をはじめ多くの金融機関が、勝ち組と負け組にはっきりと分かれるだろうことも説明した。

「支店長、うちが勝ち残るポイントはなんですか」

支店長に昇格したばかりの小野が尋ねた。

「やはり人事の刷新と組織を大きく改革することだよ」

「と言いますと」

関口が尋ねた。

「七月の人事異動でも明らかになったように、バブルを醸成して巨大な不良債権を作って銀行を危機に陥れた旧田口、塩田体制の人事を一新することだ。見逃してはならないのは、これまで二人の放漫経営を見て見ぬふりをしてきた役員も、これを機会に退いてもらうのだ」

「ということは天野さん達もですか」

意外だとばかりに小野が口をはさんだ。

「天野さんは頭取就任の時から、その覚悟をしている。大事なことはバブル期に役員になっていた人達全員に辞めてもらうことだ。バブルを醸成し巨大な不良債権の山を築いた原因のひとつは、こうした役員が、なぜ田口、塩田の暴走を身体を張って阻止できなかったかにある」

「そうしますと、不作為の罪、見て見ぬふりをしたとがめですね」

河野が理論家らしい言葉を使った。

「そこが日本とアメリカとの違いだ。ずばりバブルのあと始末の責任のとり方を見ると、アメリカの場合は巨大な不良債権の山を築き、スキャンダルなどに見舞われた場合、トップが責任をとると同時に、それを補佐してきた経営陣も辞めるという厳しい連帯責任を取っている」

高倉は戦後日本経済を引っ張ってきた銀行を始め、経済界のリーダー達のリーダーシップや身の処し方に対して疑問を持ってきた。

経済大国を作り上げるために個人の幸せよりも、会社の業績を上げることを第一に考え、和の精神の下に会社への忠誠心、仲間への協調性を求め、社員を上の者が管理しやすい金太郎飴的な人間に作り上げてきた。どこから切っても同じ顔が出てくるまったく個性を失った社員の中で出世するには、ユニークな会社革命のための積極的な発言や行動はすべて撤去され、トップの考え方に迎合する者が出世する仕組みが作られていった。そのため、明らかな法律違反や一般社会のルール違反と知っていても、それに反対した者は一生下積みの生活に追い込まれるという会社至上主義、集団主義がまかり通っていたのである。

こうした経済や金融風土の下では、内部からの自浄作用は不可能に近かった。同時に銀行を退いたトップたちは、いつまでも元の肩書きにこだわった。財界活動をするにも個人としての立場よりも元銀行役員の肩書き、相談役、名誉顧問の肩書きをいつまでも求め、一生会社や銀行からの呪縛から逃れることが出来なかった。

高倉は自由な立場で自分らしい生き方を最後までしようとしない人間が、経済界や銀行のリーダーにいること自体がバブル発生の遠因と見ていた。アメリカに対抗する金融システムを作り上げるには、六十兆円とも言われる公的資金を注入したシステム作りと、同時に不作為の罪を負ってバブル役員が総退陣をする、責任体制の確立が内部改革のためにも必要と考えていた。

高倉達の席に料理を運んできて、そのまま居座っていた寿美が、突然我が意を得たという表情をして、にこやかに話に入ってきた。

「日本のサラリーマンって上には弱いのよね。いくら会社のためにといっても悪いことをしてはだめ。またそれを黙って見過ごす人もだめ。男の人は正義のために戦わなくては。ねえ、高倉さん」

高倉は寿美の言葉に胸が痛んだ。あの夜の寿美の「組織の悪と戦って」という言葉が蘇ってきた。

寿美のひと言がなかったら、高倉は激情にかられて銀行を辞めていたかもしれない。確かに銀行に残って仕事をすることも厳しいが、再び新橋支店長として、営業の最前線に立っていられるのも寿美のおかげと感謝の気持ちを新たにした。

「男の戦いと言えば、支店閉店ではみんなよく戦ってくれた。あらためてありがとう」

高倉の胸にあのがむしゃらだった日々が去来した。

支店閉店の仕事を通じて高倉が会得したことは、どんなに世の中がコンピューターの利用などで便利になっても、最終的には人と人との信頼にあるということだ。信頼関係がなければ今回の撤退作業は暗礁《あんしょう》に乗り上げたはずだ。

ふるさとに恩返しは出来なかったが、高倉は下町情緒溢れる浅草という巷で人間として何が一番大切かを学んだ。

それは紛れもなく、相手の立場になって物事を考える思いやり、浅草有情だ。これこそ信頼の原点でもあり、ビッグバン、ペイオフ時代に入っても変わらぬ成功への鉄則と言えるだろう。

高倉らの勤務しているあけぼの銀行は、おそらくこの二年以内に都銀同士、あるいは大手地銀をも含めて金融再編成の渦に巻き込まれていくだろう。その時まで多くの銀行では国の内外を問わずリストラ計画の中核として、店舗の統廃合が三百店舗以上も行われるはずだ。

リストラの効果が最も表れる銀行店舗の閉鎖に関して大蔵省や金融監督庁は、銀行法を改正して二〇〇〇年にも届け出制にして自由にすることを計画している。自由な店舗展開による銀行間の競争を促すことに狙いがあるが、店舗の集中的な閉鎖で、地域の金融サービスが著しく低下する恐れもある。

金融の自由化、競争促進、再編成の動きの中で、改めて銀行の社会性、公共性が問われることになるにちがいない。

六十兆円もの公的資金を注入してまで作った金融システムの安定は、地域によっては税の負担だけを背負い、肝心の金融サービスの恩恵を受けないところも出てくるだろう。店舗閉店そのものが、地域経済の衰退、非活性化につながり、地域住民に金融サービスの面で大きな影響を与えることを考えると、まずリストラ実行にあたって店舗閉店ありきでは、地域の人達や企業は救われない。

そうした意味で銀行店舗撤退の仕方は、銀行自身の将来をも占う大きなポイントとなる。

高倉らが行ったあけぼの銀行浅草支店閉店作業の成果が、真に問われるのはむしろこれからだ。

銀行がバブル醸成と、その崩壊の責任を本当に真剣にとらえ、その再生のためにどれだけ血のにじむような努力をするかにかかっている。金融大改革は、いま始まったばかりである。

葉月での宴は、その後自慢のうなぎ料理が出された。小野や関口は新任地での報告をし、河野や三上は旧浅草支店の取引先の動きなどを話した。高倉は四人がそれぞれのポストで元気いっぱい働いている状況を聞きながら、浅草支店の撤退作業がそれぞれ人間を大きく育てていると実感し、ひとり微笑んだ。

宴は二時間ほどでお開きになった。

高倉は見送りにきた寿美に、そっと耳元でささやかれた。

「高倉さん、戦って。そして疲れたら、今度はひとりでも来てください。約束よ」

高倉は黙ってうなずいた。

地下鉄銀座線の入り口で五人は別れた。高倉はひとりになると吾妻橋の方に向かった。橋のなかほどまで歩き、酔いを醒《さ》ますため橋に身をもたせた。そこには子供の頃から親しんできた隅田川の心地よい川風が吹いていた。隅田川に浮かぶ屋形船を見ながら高倉は、あけぼの銀行での今後の戦いに思いを馳《は》せていた。

執行役員になった高倉は、いつ銀行を辞めてもよいという覚悟で、バブルにもまれたあけぼの銀行を自分なりに立ち直らせようと思った。

まずは古い組織の解体と人事の刷新だ。銀行がバブルにまみれた大きな要因は、貸出競争に打ち勝つために向こう見ずの貸し出しをしたことにある。あけぼの銀行での指導体制は、ひたすら目標必達に走らさせた組織、営業推進本部が握っている。実際にこの組織を陰で操っていたのは秘書室、人事部、大蔵省担当のMOF担の常駐した経営企画部であった。

特にあけぼの銀行は、現場の支店長よりも、こうしたポストを渡り歩いている本部詰めの人間の方がはるかに昇進ペースが早かった。まずこうした慣行を打破し、取引先に評判のよい支店長や副支店長を本部に引き揚げ、戦略は現場にあり、の原則の通り現場主義の行員を作ることが大事であると、高倉は考えていた。

いつも田口や塩田のご機嫌を取るのに終始し、本来の仕事を疎《おろそ》かにしていた本部の部長クラスと現場支店長の交替は必須だろう。これを行うには一年で頭取辞任を覚悟している天野新頭取に期待し、そのための情報を執行役員として提供しようと考えていた。

高倉は銀行員ほど自分の実力も省みず、自分の評判を気にする人種はないと感じているだけに、適材適所を考えての、人事の公平を新頭取に訴える決意を固めた。

一度は会長に辞表を提出した経験がある高倉は、自らの進退に関しては、以前より冷静になれるだろうと思っていた。

そしてビッグバンとペイオフ時代の到来を間近に控えて、しっかりとしたビジョンを立てる。行員の不安を解消したあとに営業体制を国際、国内両面にわたって見直すことが必要だと考えていた。

国内営業では地域ごとに、いくつかの支店を取りまとめる拠点ブロック制もひとつの方法であり、法人・個人といった顧客層別の営業も選択肢であると思っていた。

それから新人類型銀行マンを育成したいと思った。どんな時代でも銀行経営は人が財産のビジネスである。あけぼの銀行始め、多くの銀行では三十代を中心として、次代を担う金融マン達が自分の所属している銀行の将来について不安を抱きつつも、毎日残業に次ぐ残業に追われている。リストラが進行するにつれ、事務量は増えるばかりである。

こうした状態の中では、学生時代の交流もままならず、また資格取得のための時間もない。あけぼの銀行を見切って、外資系の金融機関に転職する者もいる。こうした現実の中でどう人を育てるか、銀行のためよりも、まず自分自身のライフプランを作成させながら、新しい金融知識や審査の手法、企業の見方、育て方、ネットワークの形成などを心がけさせる。

いま大事なことは二十一世紀を担うベンチャー企業を育てることだ。そのためにあけぼの銀行が存在しているとさえ、高倉は信じていた。不良債権というリスクを負う覚悟は、常にしていなければならないだろう。そのリスクを出来るだけ回避するためには、銀行員自身がもっと広い知識をもって、古い体質から抜け出さなければならない。

――これからは統計学やコンピューターに強い、理工系の行員の採用を増やさなければならない。ベンチャー企業が開発する技術を見極める者の養成が必要だ。

インターネットの取引が盛んになっても、最後に銀行の力となるのは人材である。しかしこの人材の育成には、時間と金とリスクが伴うだろう。

高倉は執行役員支店長として、自分自身のためにも、あけぼの銀行のためにも、やることがあまりにも多いので、川面を見ながら思わずため息をついた。

高倉さん、がんばって。

隅田川の川面には、寿美の美しい笑顔が映し出されたように見えた。

自分には強力な味方がいる。高倉は静かな川面に向かって叫んだ。

「寿美さん、見ていてくれ。必ずやりとげるから」

この作品はフィクションです。実在する人物、団体とは一切関係ありません。

解説　銀行マン、サラリーマンへの応援歌

神崎公一

週刊誌記者という仕事柄、企業の広報マンと接する機会が多い。会話を交わすうちに、彼らが銀行・証券業界からの移籍組であることがわかる場合が少なからずある。財務に通じ、会社全体が見渡せたり、ＩＲ（投資家向けの広報活動）の経験があったりするから貴重な存在なのだという。

こんな話も耳にした。銀行や証券会社は合併・統合が目白押しだ。合併が具体化するにつれ、営業部門以上にリストラを強いられるのが、アナリストやエコノミストを抱える調査部門だ。複数の金融機関が一つになれば、アナリストも余る。金を稼ぎ出す営業ならまだしも、いわば裏方の調査部門の人間は居ごこちが悪い。ではどうするかというと、専門知識を活《い》かして、大学の先生などの職を求めるのだという。水面下で求職活動をしている人もいるらしい。

勇躍、銀行マンの肩書きを捨て、新天地で人生をやり直すのは苦労が多いが、銀行に残っても生きがいが見いだせるとは限らない。安定、厚遇の象徴だった銀行も、今やこの有様だ。

荒さんのいくつかの持論の一つに、銀行員＝ワイン説がある。「銀行員というのは、一朝一夕に育つものではない。経験と専門知識の取得に時間がかかる。ワインの熟成と似ている」というのだ。

熟成した銀行員が、それまでの専門性を活かせない、あるいは日々の仕事で、生きがいが感じられない。これは不幸なことである。本人にとってはもちろんだが、彼らの家族、取引先にとってもだ。バブル崩壊後、しばしば指摘され、批判もされてきたことだが、金融機関は今や、貸し渋りどころか、貸し剝《は》がしに躍起である。バブル期までは、一円でも多く貸し出すのが優秀な銀行マンと評価されたのが、ここ四、五年は、いかに資金回収を進めるかで将来が決まる。

現在、国内外で優良企業として知られている大企業も、創業からしばらくは銀行にお世話になった。銀行が孵卵《ふらん》器の役割を果たした。融資担当者と企業経営者が銀行と融資先という付き合いを越えて、何十年も経た今も交友が続いているなどという話も見聞きする。それが、現在行なわれているような情け容赦ない資金回収、いわゆる貸し剝がしでは、人間的な付き合いなど生まれるわけはない。

「融資先の中小企業を育成するという生意気な思いでいたら、逆に苦労人の中小企業の親父さんに教えられ、育てられた」

ある大手銀行の役員から聞いたことがあるが、現在はどうなのであろうか。

こうした事態に陥ったのは、どこに、誰に責任があるのか――それを明確にせよ。荒さんが常々訴えているのは、この主張だ。

その意味で、荒さんは「正義の人」である。本書でも、出世街道を驀進《ばくしん》する専務が主人公の高倉に向かって、「君はいつまで青臭い」と非難する場面があるが、これはまさしく荒さんが体験した一コマだろう。正論を主張する、青臭い。だから、私を含めたマスコミにもファンが多い。同時に貴重な取材源でもある。取材とは無関係の天下国家の話題に、花が咲くこともしばしばだ。

話を戻すと、銀行が脳死に陥った責任の所在は、『支店撤退』でも登場する銀行幹部にあると、荒さんは力説する。バブル経済を招き、その敗戦処理の過程で二重に失敗を重ねてきた大蔵省（現・財務省）や日銀からの天下り組と、自己保身ばかりにうつつを抜かす行内官僚を、荒さんは嫌う。嫌うどころか、彼らの責任を追及する。責任の所在を質《ただ》し、改めるべきところは改める。そのことが結果的に銀行界の若い人たちが、専門家として育ち、ひいては取引先などと共存共栄する王道と説く。

本書で描かれている大蔵省出身の田口頭取、日銀考査局長から天下った天野副頭取、生え抜きの専務で営業推進本部長の塩田。さらにイエスマンの役員たち。役者はそろっている。銀行が窮地に陥ったとき、彼らは主人公の高倉が愛してやまない浅草支店を生贄《いけにえ》にした。いくら高倉が抵抗しても、組織というものは、そんなことを許さない。

これは何も銀行に限ったことではない。企業取材を続けていると、実際に遭遇する。失意のうちに組織を去る人もいれば、不本意ながら転籍・出向を命じられる人もいる。彼らからもらう季節の便りに、はっきりとそのことが書き連ねられていることもあれば、行間から悔しさが滲《にじ》み出ている挨拶も記憶に残っている。

その一方で、「何でこの人が」という人物が、トントン拍子に中枢《ちゅうすう》を駆け上るのを、不可解な気持ちで眺めたこともあった。あるいは、「あの方は現場を知らなければ、知ろうともしない」と、陰口を叩かれている天下り組の君臨を、許している組織も知っている。

繰り返すが、正論が通らないのが組織かもしれない。誰にだって「我が身かわいや」との思いがある。「いざとなると、思ったことの十分の一も言えなかった」と、打ち明けた商社マンがいた。

本書の高倉の場合、浅草支店閉鎖は痛恨事であろうが、主張すべきところは主張している。支店長という幹部だからできたことなのだろうか。そうとも言えない。社長に登り詰めない限り、出世の階段は永遠に残っている。高倉本人の性格に加え、社内に進藤会長という良き理解者がいて、信頼できる部下が動いてくれて、初めてできたことなのだ。既定路線だった支店閉鎖は実施されたが、高倉は執行役員・新橋支店長として復帰する。

正直言って、これは出来すぎという感じがしなくもない。例えば、問題ある企業で、青年将校とか改革派社員とか呼ばれる中堅幹部の頑張りが漏れ聞こえてくるケースもあるが、そういうことは圧倒的に少ない。その意味で、本書は銀行を舞台にしたサラリーマンへの応援歌なのだ。

二〇〇一年の雪印乳業から始まって、二〇〇二年八月の日本ハム、原発の損傷隠しの東京電力と不祥事が続き、企業不信が増幅している。しかし、従来なら隠蔽され、表にでなかった事実があぶり出されたことは、大きな前進だ。本書でも、ゴルフ場への五十億円もの黒い融資が俎上に載せられ、専務の塩田が糾弾される。

経済が右肩上がりの成長を続けられなくなって久しい。企業も生き残りに必死だ。そうした環境の下では、企業が社員に牙《きば》を剝《む》くこともあろう。その時、社員として、個人として、どう行動するか。だれもが高倉のように動けないし、結果としてハッピーに終われるとは限らない。それだからこそ、読者は高倉に共感を覚え、自分も高倉のような主張ができ、行動できたらとの思いが強いのではなかろうか。

（読売新聞 Yomiuri Weekly 副編集長）

|著者|荒 和雄　1936年東京都生まれ。1959年早大法学部卒業後、東京都民銀行入行。武蔵小山、浅草、茅場町、日本橋の各支店長を経て、1989年独立しブレーン・サービスを設立。中小企業診断士。各地の中小企業指導団体の講師を務める。著書は150冊を数える。主著に『メインバンクは頼りになるか』『元支店長の銀行バブル物語』『上手な「事業承継」』(以上、ダイヤモンド社)、『ビッグバン時代の新・銀行マンの掟』(和気義一の名で発表・読売新聞社)、『ペイオフ』(講談社文庫) 等がある。

支店撤退《してんてったい》 銀行《ぎんこう》の内幕《うちまく》
荒《あら》 和雄《かずお》
© Kazuo Ara 2002

2002年10月15日第1刷発行

発行者――野間佐和子
発行所――株式会社 講談社
東京都文京区音羽2-12-21　〒112-8001
電話 出版部 (03) 5395-3510
販売部 (03) 5395-5817
業務部 (03) 5395-3615

Printed in Japan

落丁本・乱丁本は小社書籍業務部あてにお送りください。送料は小社負担にてお取替えします。なお、この本の内容についてのお問い合わせは文庫出版部あてにお願いいたします。

講談社文庫
定価はカバーに
表示してあります

デザイン―菊地信義
製版――株式会社廣済堂
印刷――東洋印刷株式会社
製本――株式会社千曲堂

ISBN4-06-273562-8

本書の無断複写(コピー)は著作権法上での例外を除き、禁じられています。

講談社文庫刊行の辞

二十一世紀の到来を目睫に望みながら、われわれはいま、人類史上かつて例を見ない巨大な転換期をむかえようとしている。

世界も、日本も、激動の予兆に対する期待とおののきを内に蔵して、未知の時代に歩み入ろうとしている。このときにあたり、創業の人野間清治の「ナショナル・エデュケイター」への志を現代に甦らせようと意図して、われわれはここに古今の文芸作品はいうまでもなく、ひろく人文・社会・自然の諸科学から東西の名著を網羅する、新しい綜合文庫の発刊を決意した。

激動の転換期はまた断絶の時代である。われわれは戦後二十五年間の出版文化のありかたへの深い反省をこめて、この断絶の時代にあえて人間的な持続を求めようとする。いたずらに浮薄な商業主義のあだ花を追い求めることなく、長期にわたって良書に生命をあたえようとつとめるところにしか、今後の出版文化の真の繁栄はあり得ないと信じるからである。

同時にわれわれはこの綜合文庫の刊行を通じて、人文・社会・自然の諸科学が、結局人間の学にほかならないことを立証しようと願っている。かつて知識とは、「汝自身を知る」ことにつきていた。現代社会の瑣末な情報の氾濫のなかから、力強い知識の源泉を掘り起し、技術文明のただなかに、生きた人間の姿を復活させること。それこそわれわれの切なる希求である。

われわれは権威に盲従せず、俗流に媚びることなく、渾然一体となって日本の「草の根」をかたちづくる若く新しい世代の人々に、心をこめてこの新しい綜合文庫をおくり届けたい。それは知識の泉であるとともに感受性のふるさとであり、もっとも有機的に組織され、社会に開かれた万人のための大学をめざしている。大方の支援と協力を衷心より切望してやまない。

一九七一年七月

野間省一

講談社文庫 最新刊

北村 薫　**盤上の敵**
自宅に殺人犯が籠城、妻が人質に!? 末永と犯人の虚々実々の交渉、そして驚愕の結末!

綾辻行人　**どんどん橋、落ちた**
フェアプレイ精神あふれる騙しの技法に欺かるるなかれ! 〝犯人当て〟中短編5作品。

赤川次郎　**おやすみ、夢なき子**
小学生の時、行方不明になった友人が死体で発見され、朋余の周囲では連続殺人事件が!

宗田 理　**13歳の黙示録**
暴力衝動を抑えられない13歳。絶望的な少年犯罪に、私たちはどう立ち向かえばよいのか。

高田崇史　**QED**〈百人一首の呪《しゅ》〉
「不可能犯罪」の殺人と、百人一首に隠された華麗なる謎!? 第9回メフィスト賞受賞作。

佐野 洋　**指の時代**
超エリートの新人警部補が配属されてから警察署内の空気が変わった。そして事件発生!

山村美紗　**京友禅の秘密**
名探偵キャサリンが、京友禅の着物に描かれた模様の謎を解き明かす。全5編の推理集。

室井佑月　**Piss**《ピス》
ボーイフレンドのためなら性も売る女が、次第に壊れていく——。究極の愛を描く作品集。

木村 剛　**小説ペイオフ**〈通貨が堕落するとき〉
金融システムが機能不全に陥るまでの政府・日銀・銀行の暴走を細密に描く経済情報小説。

荒 和雄　**支店撤退**〈銀行の内幕〉
元銀行支店長が金融の闇支配と支店撤退に追い込まれる経過を痛恨の思いで描く経済小説。

橋 蓮二　**狂言の自由**〈茂山逸平写真集〉
狂言界の若きエースの精進の軌跡を気鋭の写真家のレンズが克明に追う。文庫撮り下ろし。

高橋克彦　**火怨**〈北の燿星アテルイ〉(上)(下)
蝦夷《えみし》の若き勇将阿弖流為《あてるい》は、朝廷の侵攻に立ち向かう。吉川英治文学賞受賞の歴史巨編。

講談社文庫 最新刊

ハーラン・コーベン 佐藤耕士 訳
唇を閉ざせ (上)(下)
殺されたはずの妻が生きている? 医師ベックに届いた謎のメールは悪戯か、それとも!?

マーティン・C・スミス 北澤和彦 訳
ハバナ・ベイ
仲間の遺体確認のためキューバに飛んだ捜査官レンコ。妻の死に自殺も考えた旅だが……。

ブラッド・スミス 石田善彦 訳
明日なき報酬
八百長疑惑で引退したボクサーが危険な勝負に男の誇りを賭ける。正統派ハードボイルド。

皆川ゆか
機動戦士ガンダム外伝〈THE BLUE DESTINY〉
ガンダム「一年戦争」の陰に隠れていた世界に光をあて、完全ノベライズした青春物語。

戸部良也
プロ野球英雄伝説
川上、別所、長嶋、王、村山そしてイチローまで戦後球界にきらめいた52人に直撃した逸話集。

畠山健二
下町のオキテ
いかに暮らし、食べ、遊ぶのか? 東京下町の流儀、奥義をてんこ盛りした爆笑エッセイ。

佐川芳枝
寿司屋のかみさんお客さま控帳
お忍びも青い目のレディも地上げ屋も、総理大臣もやって来た。笑いと涙のお客さま模様。

そのだちえ
なにわOL処世道
あっと驚く〝なにわOL〟の処世術を大公開! すぐに役立ち、男が真っ青になるノウハウ満載。

原口純子と中華生活ウオッチャーズ
踊る中国人
大変貌ぶりがめざましい中国北京で暮らす日本人女性たちの毎日はオドロキでいっぱい!

黒田福美
ソウルマイデイズ
サッカーW杯でベスト4! 熱く燃える直前の韓国で日本の女優が味わった刺激的な日々。

加来耕三
〈徹底検証〉武蔵の謎
宮本武蔵の強さはどれほどか——史料を駆使し、剣道を視点に謎と伝説に迫る書き下ろし。

清水義範
今どきの教育を考えるヒント
親も子供も、教師も生徒も、みんなで教育を考え直しませんか? 清水流ユニーク教育論。